소중한 _____________________ 에게

_____________________ 가(이) 선물합니다.

____

플루타르크
영웅전

플루타르크 지음

46년경 그리스 카이로네이아의 이름난 집안에서 태어났으며, 원래 이름은 '플루타르코스'
입니다. 일찍이 아테네로 건너가 플라톤 철학을 공부하고 자연 과학과 변론술을 배웠습니다.
그는 윤리, 철학, 종교, 문학, 자연 과학, 수사학 등 고대 그리스의 문화와 역사에 대해
모르는 것이 없을 정도로 박학다식했습니다. '최후의 그리스인'으로서 고대 로마에서
황제를 비롯한 수많은 명사들과 친분을 나누었던 플루타르크는 로마 시민권을 얻어 그곳에서
철학자이자 전기 작가로 활동했습니다. 무려 250여 종에 달하는 작품을 남겼는데, 그 가운데
지금까지 전해 오는 것으로는 「전기」 「영웅전(플루타르크 영웅전)」 「윤리론집」 등이 유명합니다.

배익천 엮음

한국일보 신춘문예에 동화가 당선되어 문단에 나왔습니다. 그동안 「내가 만난 꼬깨미」
「므므와 재재」 「빛이 쌓이는 마을」 「냉이꽃의 추억」 「비탈 위의 작은 집」 「꿀벌의 친구」 「별로
뜨는 민들레」 「별을 키우는 아이」 등을 펴내 세종아동문학상 · 해강아동문학상 · 이주홍아동문학상 ·
박홍근아동문학상 · 한국아동문학상 · 대한민국문학상 · 방정환문학상 등을 받았습니다.

2023년 10월 25일 2판 10쇄 **펴냄**
2011년 8월 25일 2판 1쇄 **펴냄**
2005년 6월   1일 1판 1쇄 **펴냄**

펴낸곳 (주)효리원
펴낸이 윤종근
지은이 플루타르크
엮은이 배익천 · **그린이** 손창복
등록 1990년 12월 20일 · **번호** 2-1108
우편 번호 03147
주소 서울시 종로구 삼일대로 457, 406호
전화 02)3675-5222 · **팩스** 02)765-5222

잘못 만들어진 책은 구입하신 서점에서 바꾸어 드립니다.
ISBN 978-89-281-0139-9 64880

이메일 hyoreewon@hyoreewon.com
홈페이지 www.hyoreewon.com

플루타르크 영웅전

플루타르크 지음
배익천 엮음 / 손창복 그림

어린 시절에는 누구나 한번쯤 영웅이 되고 싶어합니다. 영웅은 용기와 지혜로써 나라와 민족을 구해, 많은 사람들에게 존경을 받기 때문입니다.

그러나 오늘날 어린이들은 부모님의 과보호 속에서 이기적이며 나약한 어린이가 되어 가고 있습니다. 이러한 어린이들은 영웅들의 이야기를 통해 용기를 배우고 고난을 극복하는 의지를 배워야 할 것입니다.

이 책은 로마의 유명한 철학자이며 전기학자인 플루타르크가 지은 것으로, 그리스와 로마 영웅들의 일생을 그린 것입니다.

그리스와 로마의 영웅들은 지혜와 용기로써 고난과 역경을 극복하고, 위기에 처한 나라와 민족을 구했으며, 자신이 옳다고 생각하는 일은 목숨을 바쳐서라도 해내고야 마는 굳센 의지를 지닌 사람들이었습니다.

우리는 이러한 영웅전을 읽음으로써 용기와 지혜를 배울 수 있으며, 정의로운 삶을 살 수 있습니다.

영웅들의 일생은 결코 평탄하지 않았습니다. 따라서 온갖 어려움을 극복하고 성공을 이루는 영웅들의 이야기를 통해 우리는 인생을 슬기롭게 살아 나가는 지혜를 배울 수 있습니다. 특히 영웅들의 실패담을 눈여겨보면서 왜 그들이 비참한 최후를 맞이해야 했는지 깨달을 수 있습니다.

그 밖에도 이 책을 읽으며 영웅들이 살았던 시대의 역사와 생활 모습 등을 접하면서 자연스럽게 역사를 익힐 수 있습니다.

정말로 영웅이 되고 싶은 어린이는 이 책을 읽고 정의를 위해 싸우는 용기와 굳은 의지를 배우게 되기를 기원합니다.

엮은이 배익천

테미스토클레스

(BC 528~BC 462)

아테네가 살 길은
바다를 이용하는 것이다!

포부가 뚜렷한 소년

'두고 봐, 훌륭한 사람이 되어 가난하다는 이유만으로 나를 업신여긴 사람들에게 복수할 테니!'

밤마다 아테네의 검푸른 하늘을 바라보며 맹세를 하던 한 아이가 있었습니다. 그가 바로 뒷날 아테네와 전 그리스인의 힘을 모아 페르시아의 10만 정예군을 물리친 명장 테미스토클레스였습니다.

테미스토클레스는 그리스의 작은 도시 국가 아테네에서 태어났습니다. 아테네는 작은 나라였지만 발달된 문명 국가이며, 특히 세계 최초로 민주주의를 실시한 나라입니다. 아테네에서 가난한 집안의 아들로 태어난 테미스토클레스는 어려서부터 많은 멸시와 놀림을 받아야 했습니다.

그렇지만 테미스토클레스는 용감하고 지혜로웠습니다. 그는 다른 아이들이 정신 없이 뛰어놀 때도 열심히 공부하면서 틈틈이 연설 원고를 써서 정치가를 흉내 내기도 했습니다.

그 당시 아테네에서는 건강한 육체에 건전한 정신이 깃든다는 기치 아래 여러 가지 체육 활동을 장려했습니다. 하지만 귀족과 평민의 차별이 심해서 귀족 출신의 아이들과 천한 집안의 아이들이 함께 어울려 노는 것을 엄격하게 금했습니다.

그래서 천한 집안의 아이들은 성문 밖에 있는 헤라클레스 광장에서만 운동을 하거나 놀 수 있었습니다.

어느 날의 일이었습니다. 시내의 운동장에서 재미있게 놀고 있는 아이들을 물끄러미 바라보던 테미스토클레스가 슬그머니 귀족 아이들 틈으로 끼어들었습니다.

"넌 누구냐?"

"나는 테미스토클레스라고 해. 너희와 같이 놀 수 있을까?"

"뭐라고? 평민 주제에 감히 우리와 함께 놀고 싶다고? 당장 저리 꺼져, 이 냄새나는 녀석아!"

귀족 아이들 몇몇이 우르르 달려들어 테미스토클레스를 바닥에 쓰러뜨리고는 마구 짓밟았습니다.

"나쁜 녀석들! 반드시 너희들이 후회하도록 만들어 주겠다."

유별나게 남에게 지기 싫어하는 테미스토클레스가 그런 일을 당하고 곱게 물러설 리 없었습니다.

테미스토클레스는 이 궁리 저 궁리 끝에 기막힌 꾀를 생각해 냈습니다. 그것은 귀족 출신의 아이들이건 평민 출신의 아이들이건 가릴 것 없이 헤라클레스 광장에서 함께 뛰놀게 만드는 것이었습니다.

테미스토클레스는 이튿날부터 헤라클레스 광장에서 얼마나 신나고 재미있는 일들이 벌어지고 있는지를 설명하고 다녔습니다. 처음에는 들은 체도 하지 않던 아이들이 하나둘 헤라클레스 광장으로 모여들기 시작했습니다.

테미스토클레스가 알려 주는 놀이 방법이 어찌나 재미있던지, 아이들은 귀족, 평민 할 것 없이 한패가 되어 놀게 되었습니다. 저녁때가 되면 아이들은 헤어지는 것을 아쉬워했습니다.

"테미스토클레스! 우리 내일도 함께 놀 수 있는 거지?"

"물론, 그렇고말고!"

테미스토클레스는 어깨에 잔뜩 힘을 준 채 자랑스러운 듯 아이들을 바라보며 대답했습니다.

그러면서 속으로 그는 이렇게 생각했습니다.

'사람은 누구나 똑같은 거야. 귀족이든 평민이든 그게 무슨 소용이람!'

이렇게 해서 가문에 따라 노는 곳까지 구분하던 나쁜 습관은 사라지고, 모든 아이들이 평등하게 뛰어놀 수 있게 되었던 것입니다. 테미스토클레스는 그 뒤로도 열심히 뛰어놀며 체력을 길렀을 뿐 아니라 공부도 게을리하지 않았습니다.

뛰어난 사람이 되려면 무엇보다 지혜가 필요하다는 것을 모를 리 없는 테미스토클레스였기 때문입니다.

하지만 테미스토클레스는 멋진 시를 짓거나 아름다운 음악을 듣는 것에는 별 관심이 없었습니다. 그러나 정치, 경제, 역사에 남달리 흥미가 있어서인지 그쪽 공부는 할수록 즐겁기만 했습니다. 또한 남을 설득하기 위해서는 연설을 잘해야 한다고 생각한 그는 웅변 연습도 열심히 했습니다.

아버지의 충고

테미스토클레스를 가르치며 곁에서 지켜보아 온 선생님은 그
런 그가 대견스러우면서도 종종 걱정이 되었습니다.

"너는 뛰어난 아이임에 틀림없다. 그러나 진정으로 뛰어난 사
람이 되려면 무엇이 진정 세상을 위하는 일인지를 먼저 생각해야
한다."

강하고 힘 있는 것만을 좋아하는 테미스토클레스에게 선생님
은 또 이런 충고도 해 주었습니다.

"부드러운 것은 구부러지기 쉬우나, 강한 것은 부러지기 쉬운
법이다."

늘 남 앞에 나서기를 좋아하고 자랑하기를 좋아하는 테미스토

클레스를 향해 사람들이 비아냥거릴 때, 그는 이렇게 대꾸하기도 했습니다.

"야생마는 처음엔 길들이기가 어렵지만, 훈련만 잘 시키면 천리마가 될 수 있어!"

그러나 테미스토클레스의 아버지는 그가 여느 아이들처럼 평범하게 자라 주기를 바랐습니다. 그래서 틈만 나면 정치가 얼마나 어렵고 힘든 일인지 깨우쳐 주려 애썼습니다.

어느 날 테미스토클레스의 아버지는 아들의 손을 잡고 한적한 바닷가를 거닐다 거친 풍랑에 부서진 배 옆에 앉았습니다.

"테미스토클레스야! 이 배를 자세히 보거라. 정치라는 것은 이 배의 운명과 같단다."

그러나 테미스토클레스는 이해가 되지 않는다는 듯이 아버지를 물끄러미 쳐다보았습니다.

"사람들은 자기의 필요에 따라 정치가를 추앙하고 치켜세우지만, 일단 자기들에게 필요하지 않다 싶으면 여기 있는 이 배처럼 팽개쳐 버리는 속성이 있단다."

그러나 그 어떤 말로도 아테네를 세상에서 가장 위대하고 강한 나라로 만들겠다는 그의 결심을 꺾을 수는 없었습니다. 그럴수록 테미스토클레스의 결심은 더 굳어졌기 때문입니다.

집정관이 되다

테미스토클레스는 점점 굳세고 총명한 청년으로 성장했습니다. 청년 테미스토클레스의 명석한 두뇌에 반한 사람들이 하나둘 늘어나게 되었고, 거기에서 힘을 얻은 테미스토클레스는 아테네를 그리스에서 가장 부강한 나라로 만들기 위해 날마다 생각에 생각을 거듭했습니다.

'그리스는 삼면이 바다로 둘러싸인 반도 국가이다. 그러므로 아테네가 중요하게 생각해야 할 곳은 바다이다. 아시아의 신흥 국가 페르시아는 국력을 뻗치기 위해 그리스를 침략할 것이고, 그들을 막아 승리하려면 무엇보다 먼저 바다를 장악해야 한다.'

이런 식으로 나랏일을 꿰뚫고 있던 테미스토클레스는 34세가 되는 해에 집정관으로 선출되었습니다. 그는 곧 군함 수십 척을 만들어 전쟁에 대비했습니다.

결국 테미스토클레스의 예상이 적중했습니다. 페르시아 왕 다리우스가 10만 대군을 이끌고 그리스를 침략한 것입니다. 그리스의 많은 시민들은 두려움에 떨었습니다.

그 당시 소아시아의 이오니아라는 나라는 페르시아 군의 침략을 받자, 그리스 도시 국가 중 하나인 스파르타에 도움을 요청했습니다. 그러나 스파르타는 이를 거절했습니다. 반면에 아테네는 군함 20여 척을 보내 이오니아를 도왔습니다.

이 사실을 알게 된 페르시아 왕 다리우스는 화가 머리끝까지 치밀었습니다.

'뿌리를 없애 버리지 않으면 그 잎은 절대 마르지 않을 것이다.'

다리우스왕은 그리스 여러 나라의 속마음을 떠보려고 사신을 보내 그 나라의 흙과 물을 바치게 했습니다. 그러고는 흙과 물을 바치지 않는 나라는 침략해 멸망시켜 버리겠다고 으름장을 놓았습니다.

그리스의 여러 나라들이 페르시아 왕의 위협에 순순히 응했으나, 스파르타와 테미스토클레스의 아테네는 그 말을 따르지 않았습니다.

그러자 페르시아의 사신은 테미스토클레스 앞에서 잔뜩 거드름을 피우며 이렇게 말했습니다.

"테미스토클레스! 어찌하여 당신의 나라 아테네는 다리우스 대왕의 지엄하신 명령을 거역한단 말이오?"

그러자 테미스토클레스는 콧방귀를 뀌며 말했습니다.

"그렇다면 그대를 대신 우물 속에다 처박아 주지. 우물 속에는 물과 진흙이 많을 테니까."

마라톤 전투

사신이 우물 속에 처박혀 죽음을 당하자, 그렇지 않아도 침략의 기회만 노리고 있던 페르시아에서 잠자코 있을 리가 없었습니다. 다리우스는 보병 10만 명과 기병 1만 명을 태운 600여 척의 대함대를 이끌고 그리스를 향해 출발했습니다. 물론 아테네도 전쟁 준비를 해 놓기는 했지만, 군사 수나 무기 면에서 많이 뒤지는 것이 사실이었습니다.

드디어 페르시아 대군이 '마라톤'이라고 불리는 해안에 상륙하게 되었습니다. 이때 테미스토클레스와 같이 싸움에 나선 10명의 장군 중에 '밀티아데스'라는 장군이 있었습니다. 그는 무척 꾀가 많고 지혜로운 사람이었습니다.

밀티아데스 장군은 마라톤 들녘을 벗어나 우리니아 골짜기에 병사를 숨기고, 그곳으로 적을 유인하는 데 성공했습니다. 그 좁고 험한 골짜기에서는 용감한 페르시아 기병도 힘을 쓸 수가 없었습니다.

사기가 높아진 아테네 병사들은 우왕좌왕하고 있는 페르시아 군을 단숨에 쳐부수었습니다.

싸움이 끝난 우리니아 골짜기에는 페르시아 병사들의 시체가 가득했습니다.

한편, 아테네에서는 많은 시민들이 불안에 떨며 전쟁이 어떻게 전개되고 있는지 몹시 궁금해했습니다.

밀티아데스는 아테네 시민들에게 승전보를 전할 병사를 뽑았습니다. 기쁜 소식을 한시라도 빨리 전하고 싶었던 그 병사는 아테네까지 42킬로미터가 넘는 먼 거리를 단 한 번도 쉬지 않고 달리고 또 달렸습니다.

"우리가 이겼다!"

페이디피데스라는 이 병사는 너무 지친 나머지 이 한 마디를 남기고 그만 숨을 거두고 말았습니다.

이것이 오늘날까지 이어져 내려와 '올림픽의 꽃'이라고 불리는 마라톤 경기의 시초가 되었습니다.

번뜩이는 지혜

　마라톤 전투에서 세계 최강국인 페르시아를 무찌른 기쁨에 젖어 아테네 시민들이 어쩔 줄 모르고 있는 동안에도, 테미스토클레스는 큰 고민에 빠져 있었습니다. 승리의 감정에 도취되어 있던 사람들의 눈에는 테미스토클레스의 고민이 조금 엉뚱하게 보였습니다. 테미스토클레스는 침통한 얼굴로 아테네 시민들에게 말했습니다.

　"여러분! 더 큰 승리를 위해 이 작은 승리의 기쁨을 잠시 참읍시다. 이번 싸움의 승리도 물론 중요하지만 세계 최강을 자랑하는 페르시아 군이 이대로 주저앉지는 않을 것입니다. 다음에 더욱 강력한 군대를 이끌고 쳐들어올 것이 틀림없습니다. 육지에서 그들을 이긴다는 것은 거의 불가능하기 때문에 이제부터는 해군력을 길러야 합니다. 그때까지 적어도 200척 이상의 군함을 마련해야 합니다."

그러나 승리에 도취된 시민들의 귀에 테미스토클레스의 말이 들릴 리가 없었습니다. 그는 시민들을 설득할 방법을 궁리하다가 마침내 한 가지 꾀를 짜내게 되었습니다.

그 당시 아테네에는 '로레이온'이라는 은광산이 있었는데, 거기서 캐낸 은을 시민들이 골고루 나누어 가졌습니다.

"아테네 시민들이여! 좀 더 많은 이익을 위해 은의 분배를 잠시 중단하고, 그 돈으로 군함을 만들어 아에기나섬을 무찌릅시다."

국가의 이익보다는 자신의 이익을 더 중요하게 여기던 아테네 시민들에게, 테미스토클레스는 페르시아를 막는다는 실제 이유는 쏙 빼고 한창 성행하던 해외 무역의 경쟁 상대인 아에기나섬을 끌어들여 당장 아테네 사람들을 위협하고 있는 그들을 먼저 막아야 한다고 호소한 것입니다.

테미스토클레스가 무역을 보호해야 한다는 구실을 붙인 작전은 성공을 거두었습니다. 시민들에게 동의를 얻어 군함 100척을 만들었던 것입니다.

얼마 후 마라톤 전투의 영웅 밀티아데스가 세상을 떠나자, 테미스토클레스와 아리스테이데스라는 두 영웅이 아테네를 이끌어 가게 되었습니다. 테미스토클레스와 아리스테이데스는 어릴 적부터 친한 친구 사이였지만 성격이나 생각하는 것은 무척 달랐습니다.

테미스토클레스는 지혜로우면서도 명예욕이 강해 나라의 장래를 내다보고 어떤 목적을 이루기 위해서는 수단과 방법을 가리지 않는데, 아리스테이데스는 덕이 많고 아주 정직하기는 하지만 세상의 움직임에 너무 어둡고 결단력이 부족했습니다.

아테네의 장래만을 생각하는 테미스토클레스는 마침내 아리스테이데스를 없애 버릴 계획을 세웠습니다. 당시 아테네에는 '오스트라키스모스'라는 추방 제도가 있었습니다. 국가에 이롭지 못한 사람의 이름을 조가비에 적어 내게 해서 이름이 가장 많이 적힌 사람을 나라 밖으로 쫓아 내는 제도였습니다.

투표 결과, 아리스테이데스는 테미스토클레스의 뜻대로 추방을 당하게 되었습니다. 테미스토클레스는 사랑하는 친구 아리스테이데스를 내쫓는 것이 마음아팠지만, 국가의 장래를 위해서는 어쩔 수 없는 일이라고 생각했습니다.

스파르타 군의 투혼

테미스토클레스가 전쟁 준비를 하는 동안, 페르시아에서는 다리우스왕이 세상을 떠나고 그의 아들 크세르크세스가 왕이 되었습니다. 왕위에 오른 크세르크세스는 마라톤 전투에서 패한 수치를 씻으려고 5년 동안이나 그리스를 정벌할 준비를 했습니다.

드디어 페르시아 대군은 헬레스폰투스 해협을 건너 테르모필레 골짜기로 쳐들어왔습니다. 이번에는 정말로 힘겨운 싸움이 될 것이라는 생각에 그리스의 여러 나라들은 동맹 회의를 열고 연합군을 지휘할 장수를 뽑았습니다.

총사령관으로 뽑힌 스파르타의 레오니다스왕은 300명의 정예군을 이끌고 테르모필레 골짜기에 숨어 적을 기다리고 있었습니다. 그러나 스파르타 군의 동태를 살피려고 정찰병을 보낸 크세르크세스왕은 적군이 겨우 300명밖에 안 된다는 보고에 코웃음을 치며 테르모필레를 향해 나아갔습니다.

늦은 밤까지 계속된 싸움에서 별다른 성과를 거두지 못한 크세르크세스왕은 스파르타의 농부 한 명을 황금으로 매수했습니다. 황금에 눈이 먼 농부는 테르모필레를 뚫고 나갈 수 있는 뒷길을 알려 주었습니다.

뒷길을 알아낸 크세르크세스왕은 스파르타 군의 양쪽에서 공격을 했습니다. 궁지에 몰린 스파르타의 왕과 병사 300명은 용감하게 싸우다 장렬하게 전사했습니다. 지금도 그 싸움터에는 용사들의 장렬한 최후를 기리는 비석이 남아 있습니다.

육지에서의 승리에 힘입은 페르시아 군은 남으로 남으로 거침없이 내려갔습니다. 바다 위에서도 1,200여 척의 함대가 그리스를 에워싸고 진군해 들어왔습니다. 그러나 그들과 맞서 싸울 그리스 연합군 함대는 겨우 280여 척에 지나지 않았습니다.

육군이 중심을 이루고 있는 스파르타에는 군함이 10척밖에 되지 않았고, 그나마 아테네는 테미스토클레스의 선견지명으로 크기가 작기는 해도 배가 127척이나 있었습니다. 이런 점에서 볼때 테미스토클레스가 총사령관을 맡는 것이 당연했지만, 그리스 전체의 운명이 걸린 문제였기 때문에 테미스토클레스는 스파르타의 에우리비아데스에게 사령관 자리를 양보했습니다. 그러나 에우리비아데스는 겁이 무척 많은 사람이었습니다.

이윽고 바다에서 전투를 알리는 불꽃이 솟아오르면서 페르시아 해군이 진격하기 시작했습니다.

막상 전투가 코앞으로 닥치자, 그리스 연합군 장군들 가운데 겁을 먹고 꽁무니를 빼려는 사람들이 생겨났습니다.

싸움에서 이길 가능성이 없다고 판단한 테미스토클레스는 참모 한 사람을 불러 그들을 처벌할 방법을 의논했습니다.

잠시 후, 해전을 포기하려고 꽁무니를 빼던 아르키텔레스의 군함이 아테네인들에게 습격을 받고 저녁 식사까지 빼앗기는 사태가 벌어졌습니다.

테미스토클레스는 아르키텔레스에게 저녁 식사와 은화 한 상자, 그리고 다음과 같은 편지를 보냈습니다.

이 돈으로 부하들에게 봉급을 주어 그들의 사기를 올리시오. 그래도 싸울 수 없다면 당신이 뇌물을 받고 달아났다고 소문을 내겠소.

아르키텔레스는 테미스토클레스의 꾀에 빠져 할 수 없이 싸울 결심을 하기에 이르렀습니다.

드디어 페르시아 대함대가 올레오스의 좁은 수로 가까이 다가왔습니다. 그러나 페르시아 함대는 수가 너무 많아 오히려 기동력이 떨어졌습니다. 전투를 제대로 할 수 없었던 그들은 신출귀몰하는 그리스 함대의 공격에 힘도 한번 써 보지 못하고 크게 패하고 말았습니다.

바다 한가운데로 밀려나 있던 페르시아의 남은 함대 또한 그날 밤 불어닥친 거센 폭우와 파도에 휩쓸려 더욱 큰 피해를 입었습니다.

이튿날 아침, 지난 밤 격전을 잊은 듯 바다는 거짓말처럼 평온했습니다. 그때 작은 배 한 척이 물살을 가르며 쏜살같이 달려왔습니다. 배에서 연락병이 나와 테미스토클레스에게 급하게 보고했습니다.

"장군님! 큰일 났습니다. 테르모필레를 사수하던 스파르타 군이 페르시아 대군을 맞아 장렬하게 싸웠으나 결국 참패하고 말았습니다."

이제 페르시아 군이 아테네까지 밀어닥치는 것은 그야말로 시간 문제였습니다. 연합군 병사들은 절망에 빠졌습니다.

살라미스 해전

테미스토클레스는 중대한 결단을 내려야 할 시기가 되었음을 직감했습니다.

"그리스 시민 여러분! 이제 우리는 결단을 내려야 합니다. 땅을 버리고 바다로 나갑시다. 젊은이들은 모두 군함에 오르고, 노인과 부녀자들은 어린아이들을 데리고 살라미스로 대피하십시오."

그러나 그들에게 있어 조상의 무덤과 신전이 있는 아테네를 버린다는 것은 생각보다 중요한 문제였습니다.

테미스토클레스는 다시 한 번 사람들의 마음을 움직일 수 있는 묘안을 짜내야 했습니다. 신을 믿는 사람들은 신으로 움직여야 한다고 그는 생각했습니다.

　마침내 신탁이 왔습니다.

　"이제 더 이상 아테네에 머물지 마라. 나는 아테네를 버렸다. 나무로 된 성으로 피하라."

　사람들은 웅성거리며 나무로 된 성이 무엇인지 찾기 시작했습니다. 이때 테미스토클레스가 시민들을 향해 외쳤습니다.

　"나무로 된 성이란 바로 배를 말하는 것입니다!"

　사람들은 이 말을 듣고 서둘러 배에 올랐습니다. 테미스토클레스는 배수진(물을 등지고 적을 치는 전법)을 친 것이었습니다. 그는 살라미스 해전에서 이기는 것만이 전쟁을 승리로 이끄는 최후의 방법이라고 생각했습니다.

　그러나 연합 함대 간의 의견이 서로 엇갈렸습니다. 코린트 해협으로 물러서서 싸워야 한다는 의견이 많았습니다.

　테미스토클레스는 총사령관 에우리비아데스를 찾아가 담판을 지었습니다. 군사 회의가 열렸으나 모두들 테미스토클레스를 반박하는 의견을 내놓았습니다. 테미스토클레스는 마지막이라는 생각으로 그들에게 이렇게 말했습니다.

　"우리 아테네 함대는 절대로 물러서지 않을 것이오. 당신들은 마음대로 하시오. 우리는 저 함대와 함께 이탈리아 반도로 가겠소. 거기에서 이곳보다 더 번창하고 찬란한 아테네를 다시 건설

할 것이오. 당신들은 우리 없이도 페르시아 함대를 이길 수 있지
않겠소?”

테미스토클레스의 말이 각국 사령관들의 마음을 움직였습니
다. 아테네 함대가 빠진 연합 함대는 오합지졸일 뿐이라는 것을
잘 알고 있었기 때문입니다.

그때 마침 정찰을 나갔던 병사가 돌아와 페르시아 함대 200척

이 퇴로를 막고 기다리고 있다고 보고했습니다. 이 말에 각국 사령관들의 얼굴이 창백해졌습니다. 갈팡질팡하던 사령관들은 마침내 결심을 하지 않을 수 없었습니다. 도망갈 길마저 막혀 버린 상태에서는 싸울 수밖에 달리 방법이 없었으니까요. 이렇게 살라미스 해전의 아침은 서서히 밝아 오고 있었습니다.

"둥! 둥! 둥!"

그리스 함대의 진격을 알리는 북소리가 울려 퍼졌습니다. 살라미스섬 곳곳에서는 노인과 여자, 어린아이들이 페르시아 함대와 그리스 함대가 조금씩 가까워지는 모습을 가슴 졸이며 바라보고 있었습니다.

그리스 함대를 얕잡아 본 페르시아 함대는 공을 세우려고 서로 앞다투어 진격하다가 큰 혼란에 빠졌습니다. 갑자기 하늘이 어두워지면서 바람이 불고 파도가 높아졌던 것입니다. 거센 파도에도 견딜 수 있도록 만든 그리스 배와는 달리 페르시아 함대는 갑판이 높아 움직임이 자유롭지 못했습니다.

날쌔게 다가와 공격하고 달아나는 그리스 함대에 페르시아 함대는 거의 속수무책이었습니다. 사기가 오른 그리스 함대는 거침없이 페르시아 함대를 향해 나아갔습니다.

어두운 하늘 저편으로 둥근 달이 서서히 떠올랐습니다. 격전을 치른 병사들과 살라미스섬에 피신해 있던 시민들은 저마다 얼싸안고 기뻐했습니다.

"만세! 우리의 승리다!"

아군의 함대가 처참하게 파괴되는 모습을 먼 곳에서 지켜보던 크세르크세스왕은 분노를 삭일 수가 없었습니다.

"우리가 패하다니, 믿을 수 없다. 모래와 흙으로 해협을 막아서 독 안에 든 아테네 군사들을 모조리 죽여 버리고 말리라."

이 사실을 알게 된 테미스토클레스는 또 한 번 꾀를 써서 대책을 세웠습니다. 그리스 군이 잡아 둔 페르시아 포로 한 명을 매수해 페르시아 왕에게 보냈던 것입니다.

"왕이시여! 그리스 군은 해전에서의 승리에 힘입어 헬레스폰투스의 배다리마저 끊어 버린 뒤 퇴로가 막힌 페르시아 군을 모조리 무찌르겠다는 계획을 세웠습니다. 그런데 평소 대왕을 존경해 오던 테미스토클레스 장군은 대왕이 무사히 돌아가실 수 있도록 그리스 군의 출전을 늦추고 있으니 서둘러 후퇴하시는 것이 좋을 듯합니다."

이 말을 들은 페르시아 왕은 그것이 테미스토클레스의 계략인 줄은 까맣게 모르고 군대를 철수시켰습니다. 그리고 마르도니우스가 이끄는 부대만을 그리스에 남겨 두었습니다. 마르도니우스는 전투에서 진 분풀이로 그리스 해안의 죄 없는 사람들을 닥치는 대로 괴롭혔습니다.

그러나 포악한 그의 최후는 그리 멀지 않았습니다. 그는 플라타이아이 전투에서 그리스 사람들이 던진 돌에 맞아 말에서 떨어져 죽었습니다.

살라미스 대전에서 큰 공을 세워 그리스 곳곳에 이름을 떨친 테미스토클레스는 아테네를 그리스의 주인으로 만들 계획을 세웠습니다.

먼저, 동맹을 어기고 페르시아 군에 항복한 섬들을 무찌르기 위해 무적의 아테네 함대를 진군시켰습니다.

그가 이끄는 아테네 함대의 위풍당당한 모습 앞에 무릎을 꿇지 않는 섬들은 없었습니다.

테미스토클레스는 가는 곳마다 감격의 눈물을 흘렸습니다.

성 쌓는 일로 볼모가 되다

전쟁이 끝나자, 그리스의 여러 나라들은 지속적인 평화를 원했습니다. 그렇게 해서 맺어진 동맹이 바로 델로스 동맹입니다. 그리스의 각 나라들이 델로스섬에 모여 평화 유지를 위해 돈과 함대와 군사를 모으기로 약속한 것입니다.

델로스 동맹이 결성된 뒤, 아테네는 도시를 복구하는 사업을 벌였습니다. 이 소문은 순식간에 그리스 여러 나라로 퍼져 나갔습니다.

페르시아와의 전쟁으로 그리스 내에서 최대 강국이 된 아테네의 세력을 두려워한 코린트와 에기나는 스파르타로 몰래 사신을 보내 이렇게 전했습니다.

“성을 다시 쌓아올리는 것은 아테네가 그리스를 장악하려는 속셈이다.”

꾐에 넘어간 스파르타는 동맹 회의의 이름으로 아테네에 항의를 했습니다. 그러나 아테네 시민들은 아테네성을 부서진 채로 내버려 둘 수가 없었습니다. 테미스토클레스는 스파르타로 가서 직접 담판을 짓기로 했습니다.

자신이 스파르타와 협상을 벌이는 동안 성을 완성시킬 수 있다는 계산이었습니다.

테미스토클레스가 스파르타에서 협상을 지연시키고 있는 동안, 아테네 시민들은 모두 발벗고 나서서 성 쌓는 일에 매달렸습니다. 그리고 마침내 성이 완성되었습니다.

이 소식은 뒤늦게 스파르타에 전해졌습니다. 스파르타 사람들은 자신들이 테미스토클레스에게 속았다는 사실에 대단히 화가 났습니다.

“테미스토클레스가 우리를 속이다니…….”

스파르타 의원들은 즉각 테미스토클레스에게 따졌습니다. 그러나 테미스토클레스는 짐짓 모른 체하며 말했습니다.

“뭔가 잘못 알고 있는 거요. 믿지 못하겠거든 우리 아테네로 사람을 보내 자세히 알아보시오.”

그 말을 들은 스파르타는 아테네로 사신을 파견했습니다. 그러나 며칠이 지나도 사신은 돌아오지 않았습니다.

스파르타에서는 애를 태웠습니다. 그리고 뒤늦게 사신이 아테네에 감금되어 있다는 소식을 듣게 되었습니다.

"스파르타의 사신을 함부로 가두다니, 도대체 이것이 어찌 된 일이오!"

그러나 스파르타 측의 항의에도 아테네의 관리들은 태연하기만 했습니다.

"무슨 소리요. 당신들이 먼저 아테네의 테미스토클레스 장군을 가두지 않았소?"

이 말을 들은 스파르타는 또다시 테미스토클레스에게 속았다는 것을 알고 후회했으나, 이미 엎질러진 물이었습니다.

스파르타는 하는 수 없이 테미스토클레스와 자기 나라 사신을 맞바꾸었습니다.

아테네와 피레우스 항구를 잇는 거대한 성을 완성시킨 아테네는 델로스 동맹에 200여 개의 국가를 가입시켜 명실상부한 그리스의 맹주로 자리를 잡게 되었습니다.

내리막길의 영웅

　　아테네가 그리스의 맹주로 자리잡는 데 있어 원동력이 된 사람은 테미스토클레스였습니다. 그러나 아테네 시민들은 자신의 공적만 앞세우는 테미스토클레스를 점점 싫어하게 되었습니다. 또한 평화로운 나날이 계속되자 테미스토클레스의 지략과 용기보다는 덕망 있는 아리스테이데스를 필요로 하게 되었습니다.

　　마침내 테미스토클레스는 자기가 아리스테이데스를 쫓아 냈던 방법으로 나라 밖으로 추방되어 10년 동안을 이리저리 떠돌아다녀야만 했습니다. 그를 향한 모함과 질시는 끊이지 않았습니다.

　　이곳저곳을 헤매던 테미스토클레스는 적국인 페르시아 땅에까지 이르렀습니다. 테미스토클레스는 이제 적에게 찾아가 늙은 몸을 맡겨야 하는 처량한 신세였습니다.

그러나 영웅은 영웅을 알아보는가 봅니다. 페르시아 왕이 그를 따뜻하게 맞아 주었던 것입니다. 이야기를 나누며 가깝게 지내는 사이에 그를 신뢰하게 되었습니다.

얼마 뒤 이집트가 페르시아를 배반하고 반란을 일으켰는데, 이때 아테네가 이집트를 돕게 되었습니다. 페르시아 왕은 테미스토클레스를 사령관으로 임명해 아테네를 공격하게 했습니다.

그러나 테미스토클레스는 사랑하는 조국을 향해 칼을 뽑을 수가 없었습니다. 테미스토클레스는 가깝게 지내던 친구들을 모아 마지막이 될 성대한 잔치를 열었습니다. 그리고는 친구들이 술에 취해 즐겁게 놀고 있을 때 그 자리를 몰래 빠져나와 어느 허름한 방에서 독약을 마시고 스스로 생을 마감했습니다.

지략과 용기가 뛰어났던 테미스토클레스는 조국과 우정의 갈림길에서 스스로 목숨을 끊을 수밖에 없었던 것입니다.

데모스테네스

(BC 384~BC 322)

뛰어난 웅변가는 되어도
정치가는 되지 마라!

웅변가가 되고 싶은 소년

　그리스에서 가장 뛰어난 웅변가인 칼리스트라투스가 어느 죄인을 변호한다는 소식을 듣고, 아테네 시민들이 법정으로 모여들었습니다. 데모스테네스도 선생님을 따라가 법정 문지기에게 간신히 허락을 받고 법정 안으로 들어갔습니다.

　법정은 금세 수많은 사람들로 가득 찼습니다. 모두들 그리스 제일의 웅변가 칼리스트라투스의 변론을 들으려고 모인 것입니다. 데모스테네스도 눈을 크게 뜨고 숨을 죽이며 칼리스트라투스의 웅변에 귀를 기울였습니다. 데모스테네스는 얼굴도 창백하고 몸도 허약했지만, 두 눈만은 영롱하게 반짝였습니다.

　마침내 칼리스트라투스의 웅변이 불을 뿜기 시작했습니다. 그의 말은 한 마디 한 마디가 마치 폭풍우처럼, 바다의 거센 파도처럼 힘이 넘쳤습니다. 또 어떤 때에는 봄바람처럼 부드럽고 달콤하기도 했습니다.

'칼리스트라투스의 말솜씨는 듣던 대로 훌륭하구나!'

칼리스트라투스의 웅변은 법정에 모인 사람들의 마음을 온통 뒤흔들어 놓았습니다. 판사와 검사조차 그의 말에 홀린 것 같았으며, 데모스테네스는 아예 넋을 잃고 칼리스트라투스를 바라보았습니다.

"칼리스트라투스 만세!"

사람들은 법정을 나서는 칼리스트라투스를 빙 둘러싸고 만세를 부르며 박수를 치고 환성을 올렸습니다. 마치 개선장군처럼 훌륭한 모습이었습니다.

"나도 저렇게 위대한 웅변가가 되어야지! 나라의 운명도, 세계의 움직임도 모두 웅변으로 바꿀 수 있을 테니까!"

데모스테네스는 마음 깊이 맹세하며 나직이 중얼거렸습니다. 그리고 뒷날 정말로 지상 최고의 웅변가가 되었습니다.

데모스테네스는 기원전 384년 아테네에서 태어났습니다. 당시는 아테네와 스파르타를 중심으로 여러 도시 국가들의 싸움이 계속되었을 뿐 아니라, 그리스 동북쪽에 있는 마케도니아가 아테네를 자주 침범하던 때였습니다.

데모스테네스의 아버지는 큰 대장간의 주인이었는데, 그 당시 대장장이는 보잘것없는 천민이었지만, 경제적으로는 넉넉했기 때문에 아무 걱정 없이 어린 시절을 보낼 수 있었습니다.

그런데 데모스테네스가 7세 되던 해에 아버지가 갑자기 돌아가시자, 마음씨 나쁜 친척들이 재산을 모조리 가로채 버렸습니다. 살림은 점점 어려워졌고, 데모스테네스는 더 이상 교육을 받을 수 없는 지경에까지 이르렀습니다. 그뿐만이 아니었습니다. 몸이 약했던 그는 동네 아이들에게 놀림을 받았습니다.

"바탈루스가 지나간다!"

"아르가스는 또 어떻고…….."

바탈루스는 '겁쟁이', 아르가스는 '뱀'이라는 뜻을 지닌 별명이었습니다. 이렇게 아이들이 놀려 대는 바람에 데모스테네스는 분해서 엉엉 울기도 하고, 어떤 때에는 마구 덤벼들었다가 몰매를 맞기도 했습니다.

그렇지만 데모스테네스는 칼리스트라투스의 웅변을 듣고 난 뒤에 성격이 아주 달라졌습니다. 그의 머릿속에는 '어떻게 하면 나도 위대한 웅변가가 될 수 있을까?' 하는 생각이 꽉 차 있었습니다.

세월이 흘러 집안의 사정을 알게 된 데모스테네스는 아버지의 재산을 가로챈 친척을 법정에 고발했습니다. 데모스테네스는 법정에 서서 당당하게 말했습니다.

"재판장님, 아버지가 돌아가실 때 제 나이 겨우 일곱 살이었습니다. 그래서 아버지는 저희 집 재산과 저를 친척에게 부탁했습니다. 그러나 그 친척은 저를 돌보기는커녕 재산을 모두 가로채 버렸습니다. 저는 억울합니다."

데모스테네스는 열띤 웅변으로 재판에서 이길 수 있었습니다. '재판에서 이긴 걸 보니 나도 웅변을 잘할 수 있겠어!'

재산은 이미 친척이 다 써 버린 뒤였지만, 웅변에 대한 자신감이 생긴 것만으로도 데모스테네스는 기뻤습니다.

그러던 어느 날, 그는 시민 웅변 대회에 나가게 되었습니다.

"여, 여러분, 제가 이 자리에 나온 것은……."

"당장 그만둬라!"

"그게 무슨 연설이냐!"

뜻밖의 조롱을 당한 데모스테네스는 그만 연단에서 내려오고 말았습니다. 사실 데모스테네스의 웅변은 목소리도 너무 가늘고, 이따금 말도 더듬는 등 기초가 전혀 잡혀 있지 않았습니다.

피나는 노력

‘후유, 아무래도 웅변가가 되긴 틀린 모양이야.’

힘없이 앉아 있는 데모스테네스에게 소크라테스의 제자이며 유명한 웅변가인 에우노무스가 다가와 격려를 해 주었습니다.

“자네는 겁이 많아. 청중의 야유를 이겨 낼 수 있도록 침착하게 연설을 해 보게. 그러자면 피나는 연습을 해야 한다네.”

그때부터 데모스테네스는 혼자서 웅변 연습을 했습니다. 그러던 어느 날, 친구인 사티루스가 찾아왔습니다. 사티루스는 유명한 연극 배우였습니다.

“혼자 연습을 한다기에 찾아왔어. 이제부터 나와 같이 연습을 해 보자. 훨씬 나아질 거야.”

　데모스테네스와 사티루스는 함께 연습을 시작했습니다. 사티루스는 말투, 얼굴 표정, 몸짓 등 연설을 하는 데 필요한 것을 자신이 먼저 해 보이고, 데모스테네스에게 연습하도록 했습니다. 많은 것을 배운 데모스테네스는 벽에 거울을 걸어 놓고 날마다 열심히 연습했습니다.

　어느 날 그는 길을 걷다가 옆에 지나가는 사람을 툭 쳤습니다. 데모스테네스에게 맞은 사람은 마구 화를 냈습니다.

　“이 사람이! 왜 사람을 치는 거야?”

　“미안합니다. 아는 사람인 줄 알고 그랬습니다.”

　데모스테네스는 얼른 사과를 했습니다.

　하지만 사실은 화난 사람의 얼굴 표정과 목소리를 직접 보고 들으려고 일부러 지나가는 사람을 건드렸던 것이었습니다.

　데모스테네스는 다른 웅변가의 연설도 열심히 들었습니다. 그 사람의 장단점을 연구해 좋은 점을 익혔습니다.

　이렇게 데모스테네스는 온갖 방법으로 웅변 연습에 매달렸습니다. 누구와 어떤 이야기를 하더라도 그의 머릿속에는 웅변 생각뿐이었습니다.

데모스테네스의 웅변

그 무렵, 아테네는 페리클레스 시대의 전성기를 지나 쇠퇴의 길을 걷고 있었습니다. 이와는 달리, 북쪽에 있는 마케도니아의 필리포스왕은 전성기를 맞아 여러 도시 국가로 나누어져 있는 그리스를 자주 공격해 왔습니다.

데모스테네스는 그런 필리포스왕의 위협에 대비해야 한다고 강조했습니다.

"여러분! 우리 모두 단결해 아테네를 위협하는 마케도니아를 무찌릅시다. 아테네의 자유와 독립을 지킵시다!"

데모스테네스의 연설은 시민들의 마음을 움직였습니다.

마케도니아의 필리포스왕도 데모스테네스 연설의 위력을 잘 알고 있었기 때문에 그를 굉장히 두려워했습니다.

"아테네의 데모스테네스를 조심해야 한다. 그가 한 번 혀를 움직이면 그리스 전체가 움직인다."

데모스테네스는 곳곳을 돌아다니며 서로 단결해서 마케도니아를 물리치자고 연설했습니다.

마침내 마케도니아의 필리포스왕이 쳐들어왔습니다.

"아! 영광의 땅 그리스의 문명이 마케도니아의 말발굽에 이렇

게 짓밟히고 마는구나!”

절망에 빠진 아테네 사람들은 한탄만 할 뿐이었습니다.

그때, 데모스테네스가 나서서 아테네 시민들에게 희망의 불씨를 심어 주었습니다.

“여러분! 그리스의 자유와 평화를 지키려면 힘이 있어야 합니다. 우리 아테네와는 적대 관계에 있지만, 그리스 땅에서 가장 강한 테베의 힘을 빌려야 합니다.”

그 무렵 테베의 군대가 그리스에서 가장 강했지만, 아테네와는 국경 문제로 끊임없이 다투고 있었습니다. 더군다나 테베는 오래전에 마케도니아의 도움을 받은 적이 있었으므로 그리스의 동맹군으로 끌어들이기는 쉽지 않은 일이었습니다.

그러나 데모스테네스는 오직 웅변이라는 무기 하나만을 가지고 혼자 테베로 갔습니다. 테베에 도착한 데모스테네스는 테베 시민들 앞에서 열변을 토했습니다.

“여러분! 테베 시민은 현명합니다. 그렇기 때문에 무엇이 옳고 그른지를 잘 압니다. 지금 그리스 여러 나라의 운명은 마케도니아의 침략으로 바람 앞의 등불이 되었습니다. 테베도 그리스에 있는 나라입니다. 혹시라도 마케도니아의 필리포스왕이 그리스 전체를 점령한다면 테베만 가만둘 거라고 생각하십니까? 만약 그렇게 생각하는 사람이 있다면 그건 잘못된 생각입니다. 마케도니아의 필리포스왕은 테베 또한 그냥 두지 않을 것입니다. 그것은 테베가 그리스 안에 있는 나라이기 때문입니다. 그러나 테베를 포함한 모든 나라가 힘을 합치면 결코 마케도니아의 욕심대로 되지는 않을 것입니다. 그렇게 하면 테베도 안전하고, 그리스의 다른 나라들도 자유와 평화를 누릴 수 있습니다."

데모스테네스의 정열적인 웅변은 마침내 테베 시민의 마음을 움직이는 데 성공했습니다. 테베 시민들도 그리스의 동맹군이 되어 마케도니아 군과 싸우기로 결정을 한 것입니다.

데모스테네스의 웅변은 과연 무서운 힘을 지니고 있었습니다. 테베 시민들이 그리스 전체의 영광과 자유를 위해 비장한 결심으로 그리스의 동맹군이 되기로 했으니까요.

한편, 테베까지 그리스의 동맹군이 되었다는 소식에 마케도니아의 필리포스왕은 아테네로 사신을 보내 평화를 제의했습니다. 그러나 때는 이미 늦었습니다. 그리스의 동맹군이 이미 데모스테네스를 총대장으로 뽑아 군대를 출동시켜 놓았기 때문입니다.

전쟁에서 패하다

기원전 338년, 데모스테네스의 나이 46세. 마케도니아와의 전쟁이 시작되었습니다. 아테네 군과 테베 군, 그리고 그리스 여러 도시 국가에서 모인 동맹군의 숫자는 마케도니아의 병력에 결코 뒤지지 않았습니다. 그러나 계속되는 전투에서 데모스테네스는 지기만 했습니다. 그리스 군이 카이로네이아 전투에서 패한 뒤, 데모스테네스는 비참한 모습으로 도망칠 수밖에 없었습니다.

"데모스테네스, 큰소리치던 그대는 어디로 갔는가?"

마케도니아의 필리포스왕은 전투에 이겨서 기쁜 나머지 데모스테네스의 이름을 불러 보았지만, 속으로는 완전히 데모스테네스를 이겼다고 생각하지 않았습니다. 그리스 동맹군을 목숨이

위태로운 싸움터에 기꺼이 나서게 한 데모스테네스가 살아 있는 것이 두려웠기 때문입니다.

한편, 그동안 데모스테네스에게 반대해 오던 정치가들은 전쟁에 지고 혼자 도망쳐 돌아온 데모스테네스에게 패전의 책임을 지라고 들고 일어났습니다.

"전쟁을 치르게 해서 많은 동맹군을 전사하게 만든 데모스테네스를 몰아 냅시다!"

그러나 아테네 시민들은 여전히 데모스테네스의 편이었습니다.

어느 날 밤, 데모스테네스는 마케도니아의 필리포스왕이 부하에게 암살당하는 꿈을 꾸었습니다.

다음 날 아침, 뛰는 가슴을 진정시키며 공회당으로 갔습니다.

"여러분, 나는 어젯밤 아테네를 위해 좋은 꿈을 꾸었습니다."

말문을 연 그는 한바탕 연설을 시작했습니다. 그때, 전령이 뛰어들어와 필리포스왕의 죽음을 전했습니다.

"필리포스가 죽었다!"

아테네 시민들은 환호성을 지르며 서로 부둥켜안았습니다.

아테네는 다시 여러 나라와 동맹을 맺는 일에 데모스테네스를 앞장세웠습니다.

마케도니아에서는 필리포스왕의 뒤를 이어 20세밖에 되지 않은 알렉산드로스가 왕이 되었습니다. 그러자 데모스테네스는 알렉산드로스쯤은 문제도 안 된다며 비웃었습니다.

알렉산드로스왕은 직접 군사를 이끌고 단숨에 테베를 점령하고 아테네로 쳐들어왔습니다. 아테네 시민들은 알렉산드로스왕이 이끄는 군대의 강력한 힘을 보고 겁이 나서 서둘러 사자를 보내 평화 조약을 맺으려고 했습니다. 알렉산드로스왕은 오직 한 가지 조건만을 내세웠습니다.

"아테네의 웅변가 열 사람을 인질로 보내라."

알렉산드로스왕이 이렇게 말한 것은 어려서부터 아테네의 웅변가들에 대한 이야기를 많이 들었기 때문입니다. 또한 아버지 필리포스왕이 그렇게도 두려워하던 데모스테네스가 인질로 마케도니아로 올 것이라고 생각했기 때문입니다.

아테네 시민들은 몹시 난처했지만 전쟁을 피하려면 어쩔 수 없었습니다. 그들은 알렉산드로스왕의 요구에 따랐습니다. 그래서 데모스테네스를 비롯한 10명의 웅변가를 보내게 되었습니다.

그러나 인질로 마케도니아로 가던 데모스테네스는 도중에 아테네로 돌아와서 시민들에게 자신의 생각을 말했습니다.

"아테네 시민 여러분! 여러분은 양 떼가 자기를 지켜 주던 개를 이리에게 내주었다는 옛 이야기를 잘 알고 있을 것입니다. 여러분이 웅변가들을 알렉산드로스에게 넘겨주는 것도 그와 마찬가지입니다."

데모스테네스의 말을 들은 아테네 시민들은 이 일의 중대함을 깨닫고, 알렉산드로스왕과 친분이 있는 데마데스를 마케도니아로 보내 타협을 하기로 했습니다.

데마데스는 알렉산드로스왕에게 여러 가지 좋은 의견을 제시했습니다. 그의 노력으로 웅변가들은 인질로 가지 않아도 되었으며, 마침내 아테네도 안정을 되찾게 되었습니다.

정치가는 되지 마라

알렉산드로스왕의 부하로 지내다가 마케도니아에서 도망쳐 나온 하루팔루스라는 장군이 있었습니다. 그는 아테네 시민들에게 환영받지 못했지만, 여러 웅변가와 정치가에게 뇌물을 주고 아테네에서 살 수 있었습니다.

그런데 어느 날부터인가 데모스테네스도 하루팔루스에게 뇌물을 받았다는 소문이 퍼졌습니다. 소문을 들은 아테네 사람들은 데모스테네스를 비난했습니다.

그러나 이것은 데모스테네스를 반대하는 사람들이 퍼뜨린 헛소문이었습니다. 데모스테네스도 이 소문을 듣고, 자신의 결백을 밝히려고 시민들 앞에 나섰습니다. 그런데 그날 따라 목이 아파서 붕대를 감고 연단에 올라서야 했습니다.

그는 작은 목소리에 손짓을 섞어 가며 자신의 입장을 밝혔습니다. 그 모습을 보고 사람들은 더욱 의심하면서 비웃었습니다.

"감기에 걸린 것이 아니고, 돈이 목구멍에 걸린 것 아냐?"

"어디 황금의 혀를 놀리는 웅변가의 말 좀 들어 봅시다!"

더 이상 참을 수 없게 된 데모스테네스는 자신의 무죄를 법정에 호소했습니다. 그러나 재판 결과 데모스테네스에게 벌금형이 내려졌고, 그 많은 벌금을 낼 수 없었던 데모스테네스는 결국 감옥에 갇히고 말았습니다.

평생 자기 신념을 주장하며 살아온 데모스테네스는 터무니없는 누명을 쓰고 감옥에 갇히자 허탈해졌습니다. 어릴 때부터 몸이 약했던 데모스테네스는 나뭇가지처럼 말랐습니다. 그러나 감옥을 지키던 간수만은 그가 결백하다고 믿었습니다.

어느 날 그 간수가 감옥 문을 열고 도망을 치라고 했습니다. 정신없이 도망치던 데모스테네스의 귀에 자기 뒤를 따르는 발소리가 들려왔습니다. 가슴이 철렁 내려앉았습니다.

"아, 이제는 다 틀렸구나! 여기서 붙잡히다니……."

데모스테네스는 자기를 잡으러 오는 병사인 줄 알고 그 자리에 털썩 주저앉았습니다.

“데모스테네스!”

그의 이름을 부른 사람은 뜻밖에도 평소에 데모스테네스의 주장에 반대하던 사람이었습니다.

“몸을 피하려면 돈이 있어야 할 테니 받으시오. 참고 기다리면 언젠가 좋은 때가 올 것이오.”

‘아! 내 조국 아테네를 떠나 어디로 간단 말인가?’

서글픈 마음을 누르고 아에기나섬으로 간 그는 그곳에서 숨어 살며 젊은이들에게 이렇게 말하곤 했습니다.

“정치가는 되지 마라. 웅변을 하는 정치가가 되는 길과 곧장 죽음에 이르는 길 중 하나를 고르라면 차라리 죽음을 받아들여라. 중상과 모략, 시기, 질투, 증오 등이 뒤따른다는 것을 알았더라면 난 절대로 정치가가 되지 않았을 것이다.”

이처럼 정치가가 된 것을 후회하며 타국에서 쓸쓸한 나날을 보내던 어느 날, 데모스테네스는 젊은 알렉산드로스왕이 바빌론에서 병들어 죽었다는 소식을 들었습니다.

오랫동안 망명 생활을 하고 있던 늙은 데모스테네스의 가슴에도 뜨거운 피가 흘렀습니다. 데모스테네스는 주먹을 꼭 쥐고 이렇게 외쳤습니다.

“드디어 내게도 다시 일어날 기회가 왔구나!”

붓끝에 묻은 독약

데모스테네스는 도저히 가만히 앉아 있을 수가 없었습니다. 동맹군을 조직해서 마케도니아를 쳐부수자고 열변을 토하며 또다시 여러 나라를 돌아다녔습니다.

"여러분! 지금이야말로 마케도니아를 쳐부수고 그리스의 자유와 독립을 되찾을 때입니다. 모두 일어섭시다!"

이 소식은 순식간에 아테네로 전해졌습니다. 아직도 데모스테네스를 존경하는 많은 아테네 시민들은 그를 다시 불러들이자고 야단이었습니다. 데모스테네스가 아테네로 돌아오던 날, 아테네 시민들은 길 양쪽에 늘어서서 환호성을 지르며 박수를 쳤습니다. 데모스테네스는 손을 번쩍 치켜들고 개선장군처럼 당당히 걸었습니다.

"사랑하는 아테네 시민들이여! 여러분이 보고 싶어서 다시 왔습니다."

그러나 데모스테네스의 이 같은 기쁨은 오래가지 않았습니다. 다시 동맹을 맺은 지 겨우 두 달 만에 그리스 동맹군은 마케도니아 군에게 짓밟혀 물거품같이 사라져 버렸습니다. 이렇게 되자 아테네 시민은 마케도니아의 보복이 두려워 모든 죄를 데모스테네스에게 뒤집어씌우려 했습니다.

이를 알아챈 데모스테네스는 아테네에서 도망쳐 나와 카라우레이아섬의 포세이돈 신전에 숨었습니다. 아테네 시민들은 데모스테네스와 그의 일가를 사형에 처하기로 하고, 그리스 전역에 사람들을 풀어 데모스테네스를 잡아 오게 했습니다. 마침내 최후의 날이 닥쳐왔습니다. 아르키아스가 데모스테네스를 잡으러 포세이돈 신전에 나타난 것입니다.

"데모스테네스! 당신을 체포하겠소."

데모스테네스는 기다렸던 것처럼 태연히 웃으며 말했습니다.

"잠시만 기다리시오. 집에 보낼 편지 한 통 쓰고 잡혀 가겠소."

그런 후 독을 바른 붓을 입에 물고 스스로 목숨을 끊었습니다. 기원전 322년, 데모스테네스의 나이 62세 되던 해였습니다.

알렉산드로스

(BC 356~BC 323)

향료보다 귀중한 것은 호메로스의 시집
『일리아스』와 『오디세이아』이다!

지혜로운 왕자의 탄생

기원전 338년 카이로네이아 전쟁에서 아테네-테베 연합군을 이긴 마케도니아는 그리스의 패권을 잡게 되었습니다. 마케도니아의 필리포스왕은 기원전 356년 여름, 포티다에아를 정복하려고 전쟁을 일으켰고 대승리를 거두었습니다.

그러나 전쟁에서 이긴 필리포스왕은 근심에 잠겨 있었습니다. 그것은 마케도니아를 떠나올 때, 곧 아기를 낳게 될 왕비 올림피아스를 두고 왔기 때문입니다. 이때 전령이 말을 타고 질풍같이 달려왔습니다.

"폐하, 기뻐하십시오!"

"그래, 어찌 되었느냐?"

“올림피아스 왕비께서 무사히 왕자를 낳으셨습니다.”

“오! 내 소원이 이루어졌구나! 내 대를 이를 왕자, 마케도니아를 세계적인 나라로 만들 왕자가 탄생했구나!”

기원전 356년의 일이었습니다. 이때 태어난 왕자가 바로 알렉산드로스 대왕입니다. 필리포스왕은 알렉산드로스 왕자에게 어릴 때부터 그리스의 문학과 음악 등을 익히게 하고, 무예를 가르치는 스승을 정해 주었습니다.

온갖 지식을 가르쳐 줄 레오니다스 박사와 무예를 가르칠 필로터스 장군이 알렉산드로스 왕자의 스승입니다. 알렉산드로스 왕자는 두 스승에게서 새로운 학식과 무예를 배우기 시작했습니다.

그는 무척 지혜롭고 용감해서 하나를 가르쳐 주면 둘을 깨닫고, 모든 것에 솜씨가 뛰어났습니다.

어느 가을날 아침, 공부할 시간이 되었는데도 왕자가 나타나지 않았습니다. 왕자의 시종 쿠르타스가 알렉산드로스 왕자는 몸이 불편해서 공부를 할 수 없다는 전갈을 전해 왔습니다.

이상하게 생각한 레오니다스 박사가 왕자의 방으로 가 보았습니다. 그런데 이게 웬일입니까? 몸이 아프다던 왕자는 책을 읽고 있었습니다.

“아프시다기에 걱정이 되어 왔습니다. 그런데 무슨 책입니까?”

"레오니다스 박사님, 호메로스의 시집을 읽고 있습니다."

호메로스는 기원전 1000년쯤에 살았던 그리스의 대시인입니다. 그가 쓴 『일리아스』나 『오디세이아』는 트로이 전쟁을 시로 읊은 것입니다.

"먼 나라 이집트의 바닷가에 있는 한 섬 파로스, 물결치는 그곳에……."

알렉산드로스 왕자는 이렇게 『오디세이아』를 읽고 옛 전쟁 이야기를 익히며 세계 정복의 길로 나아가려고 열심히 공부했습니다. 그는 많은 도시 국가로 이루어진 헬레네스(지금의 그리스)를 통일하고, 페르시아를 정복하려는 큰 꿈을 어릴 때부터 키워 왔던 것입니다. 알렉산드로스 왕자의 이런 포부는 13세 되던 해에 있었던 다음의 일들을 보아도 알 수 있습니다.

알렉산드로스 왕자의 아버지 필리포스왕은 그리스에서 가장 용맹스럽다고 알려져 있었습니다. 싸울 때마다 사람들은 기쁨의 환성을 지르곤 했습니다. 그러나 그럴수록 알렉산드로스 왕자의 걱정은 커졌습니다.

'아버지가 세계를 다 정복하고 나면 나는 정복할 나라가 없지 않은가?'

세계 제일의 소년 기수

세계 정복의 꿈을 키워 가며 학문과 무예를 익히던 때에, 필리포스왕에게 명마 한 필을 바치겠다고 찾아온 사람이 있었습니다. 마침 페르시아 사신들이 와 있던 터라 그들이 지켜보는 가운데 그 명마를 시험해 보기로 했습니다. 그러나 말이 어찌나 사납게 날뛰던지 아무도 탈 수가 없었습니다.

말을 훈련시키는 장군이 타자마자 말에서 떨어져 버렸고, 왕자의 무예 스승인 필로터스 장군도 실패했으며, '검은 대장'이라고 불리는 마케도니아에서 가장 용맹한 클레이토스마저 말에 오르자마자 굴러 떨어졌습니다.

필리포스왕은 화를 벌컥 내며 이렇게 소리쳤습니다.

“여봐라, 저 말을 바치겠다는 자가 나를 우롱하려는 것인지도 모른다. 그놈을 당장 끌고 오도록 하라!”

이윽고 말을 바친 사람이 끌려나왔습니다.

“나를 농락하려고 했겠다? 어느 나라에서 온 밀정이냐!”

화가 난 필리포스왕은 말을 바친 사람을 죽이려고 했습니다. 그때였습니다. 어디선가 외치는 소리가 들렸습니다.

“멈추세요! 사람을 함부로 죽이는 것은 왕으로서 할 일이 못 됩니다!”

필리포스왕과 사람들은 소리가 나는 쪽으로 일제히 고개를 돌렸습니다. 저만치에서 레오니다스 박사가 아리스토텔레스를 모시고 다가오고 있었습니다.

“여긴 어쩐 일이시오?”

필리포스왕은 레오니다스 박사와 아리스토텔레스를 번갈아 쳐다보며 물었습니다.

레오니다스 박사가 겸손하게 대답했습니다.

“폐하, 제 실력으로는 왕자님의 학식을 더 이상 높일 수가 없습니다. 그래서 왕자님의 새로운 스승을 모셔 왔습니다.”

아리스토텔레스는 그리스의 유명한 철학자 플라톤의 제자였습니다. 필리포스왕은 조금 전의 노여움을 잊고 기쁜 얼굴로 그를 맞이했습니다.

"여봐라, 그 쓸모 없는 말을 치우고, 왕자의 새로운 스승을 모실 준비를 하라."

그러자 아리스토텔레스가 이렇게 말했습니다.

"필리포스왕이시여! 왕자의 얼굴빛을 보니, 저 명마를 무척 타 보고 싶은 모양입니다."

아리스토텔레스는 사람의 마음을 꿰뚫어 보는 눈을 가지고 있었습니다. 필리포스왕은 옆자리에 있는 알렉산드로스 왕자를 바라보았습니다. 그 자리에는 페르시아의 사신들도 있었기 때문에 자칫 실수라도 하게 되면 왕자에 대해 좋지 않은 소문이 페르시아까지 퍼질 염려가 있었습니다.

잠시 생각에 잠겼던 필리포스왕이 왕자에게 물었습니다.

"왕자야, 너는 저 말을 어찌 생각하느냐?"

"저 말은 지금 해를 등지고 있어서 자기 그림자에 놀라 신경이 날카로워져 있습니다. 그래서 날뛰는 것입니다."

"그래, 그렇다면 네가 저 말을 탈 수 있겠느냐?"

"탈 수 있습니다."

알렉산드로스 왕자는 천천히 말에게 다가가 고삐를 움켜쥐고 말의 머리를 해를 향해 돌렸습니다. 말은 자기 그림자가 보이지 않자 마음을 놓는 듯했습니다.

"나는 알렉산드로스 왕자인데 네 주인이 되려고 한다. 내 말 알아듣겠지?"

왕자는 말을 부드럽게 달래고 나서 손으로 말등을 쓸어 주며 천천히 걸었습니다.

그렇게 얼마쯤 가다가 알렉산드로스 왕자는 가볍게 말 위에 올라탔습니다. 그러고는 고삐를 슬슬 당기며 말을 몰았습니다.

"야아! 알렉산드로스 왕자 만세!"

여기저기서 탄성이 터져 나왔습니다.

그리고 그 모습을 본 페르시아 사신들은 속으로 깜짝 놀랐습니다. 용맹스럽기로 소문난 필리포스왕보다 알렉산드로스 왕자가 더 용감하고 뛰어나 보였기 때문입니다. 장차 알렉산드로스 왕자가 왕위에 오르면 페르시아로서는 더욱더 무서운 적이 될 것 같았습니다.

"아리스토텔레스, 그대의 눈은 태양보다 더 밝구려!"

필리포스왕은 아리스토텔레스에게 이렇게 말하고서 한 마디 덧붙였습니다.

"저 명마의 이름을 지어야겠는데, 어떤 이름이 좋겠소?"

"보우케팔루스라고 하는 것이 좋겠습니다."

잠시 후 알렉산드로스 왕자가 말을 타고 필리포스왕과 아리스
토텔레스 앞으로 다가왔습니다. 왕자는 말에서 사뿐히 뛰어내렸
습니다.

"왕자야, 아리스토텔레스 선생이 이 명마의 이름을 보우케팔루

스라고 지었다. 네 생각은 어떠냐?"

"보우케팔루스, 좋은 이름입니다!"

그날 밤, 아리스토텔레스를 왕자의 새로운 스승으로 정하는 잔치가 성대하게 열렸습니다.

알렉산드로스 왕자는 값비싼 향료를 양손에 한 줌씩 집어 제단을 밝히고 있는 불에 던졌습니다. 그러자 레오니다스 박사가 깜짝 놀라며 말했습니다.

"왕자님, 향료를 헤프게 쓰면 안 됩니다. 향료가 많이 나는 나라를 정복하게 되면 그때 마음껏 쓰도록 하십시오!"

그 당시 그리스에는 향료가 많이 나지 않아 값이 무척 비쌌습니다. 그러나 레오니다스 박사가 그런 말을 한 데에는 다른 뜻이 숨어 있었습니다. 그는 알렉산드로스 왕자에게 자연스럽게 세계 정복의 꿈을 심어 주려고 그런 말을 했던 것입니다.

싸우지 않고 반란을 다스리다

이제 알렉산드로스 왕자는 스스로 정치를 할 수 있을 만큼 자랐습니다. 그가 18세 되던 해에 이웃 테살리아에서 반란이 일어났습니다. 테살리아는 명마 보우케팔루스의 고향입니다. 필리포스 왕이 왕자를 불렀습니다.

"이웃 테살리아에서 반란이 일어났다."

"우리 마케도니아의 보호를 받는 테살리아가 자기들 힘만으로 반란을 일으키지는 않았을 것입니다. 테베와 아테네가 뒤에서 그들을 도왔을 것입니다."

"그래, 왕자의 생각이 옳다. 이번 전투에서는 마케도니아와 테베, 아테네가 나라의 운명을 걸고 싸워야 할 것이다. 너도 전투

에 나갈 준비를 하도록 해라.”

이말을 들은 알렉산드로스 왕자는 드디어 아테네와 싸우게 된 것을 기뻐했습니다.

마케도니아의 군대가 쳐들어온다는 소식을 들은 테살리아에서는 마케도니아의 선봉장으로 알렉산드로스 왕자가 온다는 말을 듣고 공포에 떨었습니다.

테살리아는 서둘러 중신 회의를 열었습니다. 화친을 하자는 파와 아테네와 테베가 뒤에서 지원하고 있으니 이번 기회에 마케도니아에서 독립을 해야 한다는 파가 서로 입씨름만 계속 했습니다. 그러다 마침내 화친을 하자는 쪽으로 의견이 모아졌고, 마케도니아의 선봉장인 알렉산드로스 왕자에게 사신을 보냈습니다.

테살리아 사신의 항복에 알렉산드로스 왕자는 오히려 크게 실망했습니다. 처음으로 참가한 전쟁이 너무나 허무하게 끝나 버렸기 때문입니다.

테살리아를 부추겨 마케도니아와 전쟁을 하려 했던 아테네는 테살리아가 화친을 했다는 소식을 듣고 당황했습니다.

“큰일이다. 마케도니아가 우리 아테네를 공격하지 않는다고 누가 장담할 것인가!”

아테네는 술렁거리기 시작했습니다.

그 무렵 아테네는 페리클레스 시대의 전성기를 지나 쇠퇴의 길을 걷고 있었습니다.

아테네의 웅변가 데모스테네스가 군중 앞에 나섰습니다.

"여러분, 모두 단결해 아테네의 자유와 독립을 지킵시다!"

데모스테네스의 웅변은 아테네 시민들의 가슴에 불을 지폈습니다.

"마케도니아를 타도하자!"

"아테네를 지키자!"

함성은 하늘과 땅을 울리고 분노는 화산처럼 폭발했습니다.

아테네와 테베, 그리고 여러 도시 국가들이 연합해 마케도니아를 칠 준비를 했습니다.

이 소식을 들은 알렉산드로스 왕자는 야심에 찬 눈을 번득였습니다. 곧 군대를 재편성해 테살리아를 떠나 아테네로 진군했습니다.

그리스의 중심 평야인 카이로네이아에 도착한 마케도니아 군대는 진을 치고 적군이 나타나기를 기다렸습니다. 먼 곳에서 아테네와 테베, 그리스 도시 국가 연합군이 먼지를 일으키며 진격해 오고 있었습니다.

양쪽 군사들은 벌판을 사이에 두고 마주 섰습니다. 먼저 공격하지 말라는 필리포스왕의 말을 들은 알렉산드로스 왕자는 적의 공격이 시작된 뒤에도 한참을 기다리다가 공격 명령을 내렸습니다.

갑작스러운 공격에 그리스 연합군의 전차 부대와 기병대가 전멸했으며, 당황한 보병은 마케도니아 군대에 이리저리 쫓겨다녔습니다.

"모두 공격하라!"

알렉산드로스 왕자를 뒤에서 지원하고 있던 필리포스왕이 공격 명령을 내리자, 마케도니아 정예 보병은 들판을 누비고 다니며 그리스 연합군을 짓밟았습니다.

"퇴로를 끊어라! 적의 후퇴를 막아라! 왼쪽은 필로터스 장군, 오른쪽은 클레이토스 장군이 맡도록!"

두 장군은 그리스 연합군을 포위하며 나아갔고, 알렉산드로스 왕자는 그리스 연합군 진영으로 정면 공격해 들어갔습니다. 그는 명마 보우케팔루스를 타고 적진을 마구 휩쓸었습니다.

피비린내 나는 싸움은 이제 끝났습니다. 알렉산드로스 왕자가 선봉장으로 나가 싸운 카이로네이아 전투에서 마케도니아는 그리스 연합군을 무찌르고 대승을 거두었습니다.

20세에 왕이 된 알렉산드로스

그리스 연합군과의 전쟁에서 이기고 난 뒤 필리포스왕의 무질서한 생활로 알렉산드로스 왕자와 불화가 생겼습니다. 필리포스왕은 결국 기원전 336년에 이름 모를 젊은이에게 암살당했습니다. 알렉산드로스 왕자의 나이 20세 때였습니다.

드디어 알렉산드로스 왕자는 마케도니아의 왕위에 올랐습니다.

"나는 우리 마케도니아를 세계 제일의 나라로 만들려고 한다. 나라의 근본은 국민이다. 나는 국민이 바라는 일이라면 명예를 걸고 이룰 것이다. 또 감옥에 갇혀 있는 모든 죄수들을 석방한다. 내 뜻을 저버리지 말고 선량한 국민이 되어, 조국 마케도니아를 위해 충성을 다하기 바란다. 다음으로 부왕에게 물려받은 재산의 반을 가난한 국민들에게 나누어 주겠다. 그리고 마케도니아에 공을 세운 대신들과 장군들에게 나머지 재산을 나누어 주겠다. 이것은 높은 관리들의 부정과 부패를 막으려는 것이며, 큰 공에 대한 보답이다. 마지막으로 지금 부왕이 돌아가신 것을 알고 그리스의 도시 국가들이 다시 전쟁을 일으키려 할 것이 분명하니, 군사를 훈련시키고 무기를 준비하도록 하라!”

“알렉산드로스 대왕 만세!”

“대왕이시여, 모든 재산을 저희들에게 나누어 주시면 대왕 폐하께서는 아무것도 가진 것이 없지 않습니까?”

“내 꿈은 그리스를 통일하고 페르시아를 비롯한 아시아 대륙과 아프리카 등을 합쳐 세계를 통일하는 것이오. 세계가 모두 내 것인데, 어찌 내가 가진 것이 없소?”

알렉산드로스왕의 말에 신하들은 고개를 숙였습니다.

알렉산드로스왕은 필로터스 장군과 클레이토스 장군을 따로 불러 말했습니다.

“두 분은 이 나라의 기둥이오. 세계 통일은 우리들의 손에 달려 있소. 나를 도와 마케도니아를 번영시킵시다.”

이때, 왕자 시절부터 시종으로 있던 쿠르타스가 들어왔습니다.

“오, 쿠르타스! 그대도 지난번에 나를 도와 많은 공을 세웠다.

쿠르타스, 그대를 내 경호 대장으로 삼겠다."

"예?"

뜻밖의 말을 들은 쿠르타스는 놀라서 입을 다물지 못했습니다. 알렉산드로스왕은 다시 군사를 훈련시키고 새로 무기를 만들었습니다. 마케도니아는 이제 온 하늘과 땅에 기세를 올리게 되었습니다. 이때 알렉산드로스왕의 추측대로 그리스의 모든 도시 국가들이 마케도니아에 대항하여 반란을 일으킬 음모를 꾸미고 있었습니다.

"가장 먼저 반란을 일으킬 나라는 어디인가?"

"테베가 앞장서고, 아테네가 뒤를 밀고 있으며, 스파르타도 은 근히 돕고 있는 것 같습니다."

알렉산드로스왕은 테베를 공격해 반란을 가라앉히기로 하고, 마케도니아 군대를 테베로 진격시켰습니다.

"무적의 마케도니아 병사들이여, 그리스의 영광을 위해 최선을 다하라. 자, 공격이다!"

알렉산드로스왕의 명령에 따라 마케도니아의 군사들은 물밀 듯이 돌격했습니다. 알렉산드로스왕은 긴 칼을 뽑아 들고 정글 속을 누비는 사자처럼 적진을 휩쓸었습니다.

알렉산드로스왕의 용맹에 힘입어 마케도니아의 군대는 테베와 의 싸움에서 크게 이겼습니다.

20세의 젊은 왕 알렉산드로스! 그는 그리스 여러 나라에서 사 자처럼 용맹한 왕으로 불리게 되었습니다.

알렉산드로스왕은 정치에도 탁월한 재능이 있었습니다. 또한 그는 왕위에 오를 때 했던 말을 그대로 실천했습니다. 때문에 마 케도니아의 국민뿐만 아니라 온 그리스의 도시 국가 국민들조차 도 알렉산드로스왕을 받들었습니다.

디오게네스가 되고 싶다

　날이 갈수록 알렉산드로스왕의 이름이 높아지면서 수많은 정치가, 박사, 그리고 예술가들이 알렉산드로스왕에게 인사를 하러 왔습니다. 그러나 오직 한 사람, 철학자 디오게네스는 한 번도 찾아오지 않았습니다.

　그는 커다란 통 속에서 살면서 맨손으로 물을 떠 마시고, 음식이 있으면 먹고, 없으면 없는 대로 살아가는 철학자였습니다. 사람들은 디오게네스를 '통집에 사는 선생'이라고 부르며 존경하고 있었습니다.

　알렉산드로스왕은 경호 대장 쿠르타스에게 디오게네스를 모시고 오라고 했습니다. 그러나 디오게네스는 쿠르타스에게 아무런 대꾸도 하지 않았습니다. 이말을 전해 들은 알렉산드로스왕은 직접 그를 찾아갔습니다.

그날도 디오게네스는 웃옷을 벗은 채 통 속에 누워 햇볕을 쬐고 있었습니다.

"선생이 디오게네스입니까?"

그러나 디오게네스는 알렉산드로스왕을 거들떠보지도 않았습니다.

"저는 마케도니아의 알렉산드로스입니다."

디오게네스는 알렉산드로스왕을 힐끗 쳐다보고는 다시 고개를

돌렸습니다.

"디오게네스 선생! 한 가지 부탁이 있습니다."

알렉산드로스왕이 공손하게 말하자, 디오게네스는 그제야 겨우 입을 떼었습니다.

"저 같은 사람에게 대왕처럼 높으신 분이 부탁이라니, 당치도 않습니다."

"선생을 모시려고 하는데, 부탁을 들어주시겠습니까?"

디오게네스는 고개를 가로저었습니다.

"그렇다면 무엇이든 선생의 소원을 들어 드리겠습니다."

디오게네스는 미소를 띠며 말했습니다.

"대왕께서 그곳에 서 계시니 햇볕이 들지 않습니다. 좀 비켜 주시겠습니까? 제 소원은 그것뿐입니다. 저는 지금 저 햇볕이 그 무엇보다 더 중요합니다."

돌아오는 길에 알렉산드로스왕은 쿠르타스에게 이렇게 말했습니다.

"내가 알렉산드로스가 아니었다면 디오게네스가 되고 싶다!"

가자! 페르시아로

알렉산드로스왕의 마음속에는 지난날 마케도니아를 멸망의 위기까지 몰고 갔던 페르시아에 대한 원한이 커다랗게 자리잡고 있었습니다. 그래서 페르시아를 정복하겠다는 야심을 버릴 수 없었습니다.

기원전 334년 봄, 알렉산드로스왕은 마침내 페르시아 정벌을 위해 군대를 일으켰습니다. 그의 나이 22세 되던 해였습니다.

대원정을 하기에는 턱없이 적은 보병 9만 명, 기병 5,000명, 그리고 불과 30일 먹을 수 있는 식량을 가지고 길을 떠나면서 왕은 자신의 재산을 모두 부하들에게 나누어 주었습니다.

"폐하, 그러면 폐하는 아무것도 없지 않습니까?"

부하들이 걱정스러워하며 말하자, 알렉산드로스왕은 태연히 이렇게 말했습니다.

"아니! 그것보다 더 큰 것이 남아 있다. 그것은 희망이다!"

그 희망이란 유럽과 아시아, 그리고 아프리카 3대륙을 한데 묶어 큰 나라를 세우는 것이었습니다. 알렉산드로스왕은 늘 이렇게 세계 통일의 꿈을 꾸어 왔습니다.

알렉산드로스왕은 각 분야의 기술자와 학자, 예술가, 의사에게 9만 5,000명의 마케도니아-그리스 연합군을 따르게 했습니다.

알렉산드로스왕의 원정군은 드디어 헬레스폰투스 해협을 지나 아시아 대륙에 발을 내딛었습니다.

무섭게 소용돌이치는 그라니코스강이 원정군 앞을 가로막았습니다. 알렉산드로스왕이 강 건너 뭍을 살펴보니 이미 페르시아왕 다리우스의 군대가 마케도니아-그리스 연합군을 기다리고 있었습니다.

"여러 장군들은 들으시오! 우리는 이미 저 강보다 더 거친 헬레스폰투스 해협을 건너 왔소. 그러니 지금 그라니코스강을 건너지 못할 까닭이 없소!"

알렉산드로스왕은 명마 보우케팔루스를 타고 강물로 뛰어들었습니다.

“보아라! 대왕 폐하께서 앞서 나가신다! 우리도 뒤를 따르자!”

마케도니아-그리스 연합군은 앞을 다투어 강물로 뛰어들었습니다. 페르시아 군대에서 쏜 화살이 비 오듯 쏟아졌지만, 알렉산드로스왕과 근위병 10여 명은 아랑곳하지 않고 강을 건너 적진으로 뛰어들어갔습니다.

그러자 페르시아 군사들이 한꺼번에 몰려들었습니다. 이 틈을 타서 그리스 연합 기병대 5,000명은 재빨리 강을 건너 숲을 뚫고 적진으로 달렸습니다. 순간 강가에 있던 페르시아 군대는 황급히 뒤로 물러났습니다. 이어서 연합군 보병 9만 명도 강을 건넜습니다.

알렉산드로스왕이 강을 건너 오는 것을 본 페르시아 군대에서는 무예가 가장 뛰어난 레사세스와 스피트리다테스 장군을 내보냈습니다. 그들은 한꺼번에 알렉산드로스왕에게 달려들었습니다. 1 대 2의 무서운 격투가 벌어졌습니다.

알렉산드로스왕은 무서운 기세로 달려드는 레사세스의 가슴을 창으로 힘껏 찔렀습니다. 그러나 창은 레사세스의 두꺼운 갑옷을 뚫지 못하고 두 동강나고 말았습니다. 알렉산드로스왕은 재빨리 칼을 빼어 들고 싸웠습니다. 두 사람이 휘두르는 칼날에서 불꽃이 튀었습니다.

이때, 스피트리다테스가 도끼로 알렉산드로스왕의 머리를 내리쳤습니다. 그러나 투구만 조각났을 뿐, 머리를 다치지는 않았습니다. 스피트리다테스가 다시 방향을 바꾸어 알렉산드로스왕을 도끼로 내려치려는 순간, 한 장군이 바람처럼 달려와 스피트리다테스의 도끼 든 손에 칼을 휘둘렀습니다.

"누군가? 나를 구해 준 장군이?"

검은 대장 클레이토스 장군이었습니다.

"고맙소, 클레이토스 장군!"

페르시아 군대는 정신 없이 뿔뿔이 흩어졌습니다. 이 틈을 놓치지 않고 그리스 연합군은 그들을 뒤쫓기 시작했습니다. 알렉산드로스왕이 이끄는 군대가 이긴 것입니다.

알렉산드로스왕은 이 여세를 몰아 시리아까지 정복했습니다. 페르시아의 지배를 받고 있던 소아시아의 여러 나라 왕들은 이미 알렉산드로스왕에 대한 소문을 들었습니다. 그들은 싸워 볼 생각도 하지 않고 모두 항복했습니다.

알렉산드로스왕의 원정군은 동쪽으로 계속 진군했습니다.

왕 중의 왕

알렉산드로스왕은 프리지아의 고르디온에 도착했습니다. 고르디온의 도심 한가운데에는 튼튼한 밧줄로 단단히 동여매 둔 전차가 있었습니다.

프리지아의 왕이 알렉산드로스왕에게 말했습니다.

"대왕이여! 세계 정복은 힘만으로 이루어지는 것이 아니라, 정복한 나라의 국민이 스스로 따르도록 해야 합니다. 우리나라에는 옛날부터 전해 오는 전설이 있습니다. 저 전차를 묶어 놓은 밧줄의 매듭을 푸는 사람이 세계를 정복할 것이라는 전설입니다. 부디 대왕께서 저 밧줄의 매듭을 푸셔서 이 나라는 물론 전 세계 국민들이 스스로 머리 숙여 따르게 하십시오."

프리지아 왕의 말을 듣고 알렉산드로스왕은 전차 앞으로 다가
갔습니다. 그러나 매듭을 푸는 일은 쉽지 않았습니다. 알렉산드
로스왕은 한참 생각한 뒤에 칼을 뽑아 매듭 한 가닥을 내리쳤습
니다.

"보라! 나는 이 밧줄을 풀었다!"

이 모습을 지켜보고 있던 프리지아의 수많은 군인들과 국민들
은 다 같이 소리 높여 외쳤습니다.

"알렉산드로스 대왕 만세!"

이 함성은 곧 소아시아의 여러 나라로 퍼졌습니다. 그러자 모

든 나라들이 진심으로 머리를 숙이며 항복해 왔습니다.

　지중해 연안의 소아시아에는 페르시아의 지배를 받던 나라가 여럿 있었습니다. 그곳에 사는 국민들은 페르시아의 독재에서 구해 준 알렉산드로스왕을 진심으로 환영하고 따랐습니다.

　한편, 페르시아 왕 다리우스는 그리스 연합군과 알렉산드로스왕이 페르시아 영토에서 승리를 했다는 소식에 발을 구르며 분통을 터뜨렸습니다.

　다리우스왕은 직접 대군을 이끌고 알렉산드로스왕과의 전쟁에 나섰습니다.

　그러나 이때, 성난 파도처럼 페르시아로 진군해 나가던 알렉산드로스왕의 원정군이 카리키아에 이르러서는 웬일인지 꼼짝도 하지 않았습니다.

　그리스 연합군의 총사령관인 알렉산드로스왕이 심한 열병에 걸렸기 때문이었습니다. 무더운 여름철에 진군하느라 지나치게 피로한 터에, 차가운 강물에 목욕을 하는 바람에 그만 무서운 열병에 걸린 것이었습니다.

　알렉산드로스왕은 의식을 잃고 진중 깊숙이 누워서 삶과 죽음의 갈림길에서 헤매고 있었습니다.

　그러나 누구도 알렉산드로스왕의 치료를 맡겠다고 나서는 사람이 없었습니다. 치료를 잘못해서 죽게 되면 왕을 독살했다는 오해를 받을 것이기 때문이었습니다.

그런데 필립이라는 의사가 그러한 위험을 무릅쓰고 약을 지어 알렉산드로스왕을 낫게 해 주었습니다. 알렉산드로스왕은 전보다 더 힘차게 진군했습니다.

페르시아 군대가 카리키아 산속으로 들어오자, 미리 산에 숨어 있던 그리스 연합군이 산골짜기 아래로 바위를 굴리며 불화살을 쏘아 댔습니다.

도망치는 다리우스왕을 알렉산드로스왕이 뒤쫓았습니다. 그런데 안타깝게도 알렉산드로스왕이 다리에 상처를 입는 바람에 다리우스왕을 놓쳐 버렸습니다.

하지만 미처 도망가지 못한 다리우스의 어머니와 왕비, 그리고 두 공주를 포로로 붙잡을 수 있었습니다. 그리스 연합군은 카리키아 싸움에서도 크게 이겼습니다.

"페르시아 왕족들을 정중하게 모셔라! 안락하게 생활할 수 있도록 특별히 돌보아 주어라!"

알렉산드로스왕의 이 같은 넓은 마음씨에 다리우스왕의 가족들은 감격했습니다.

알렉산드리아 건설과 떨어진 별

알렉산드로스왕은 페르시아를 계속 치려면 후방을 안정시켜야 한다며, 지중해 연안 지방을 계속 함락시켜 나갔습니다. 지중해의 조그만 섬 티루스도 항복했습니다.

"알렉산드로스왕이시여, 이 섬은 보잘것없으나 귀한 향료가 많습니다."

알렉산드로스왕은 아리스토텔레스를 스승으로 모시던 날 밤, 향료가 많이 나는 땅을 정복하면 그때 가서 향료를 많이 쓰자던 레오니다스 박사의 말이 생각났습니다. 그래서 레오니다스 박사에게 향료를 보내면서 감사 편지를 썼습니다.

또한 알렉산드로스왕은 전리품 가운데에서 다리우스왕이 쓰던

순금과 보석으로 장식한 보물 상자를 찾아내어, 어릴 때부터 읽으며 꿈을 키워 왔던 호메로스의 시집을 넣어 소중히 보관했습니다.

알렉산드로스왕은 정복만을 일삼은 야심가가 아니라 위대한 정치가이자 학자였습니다. 전쟁터에서도 많은 학자를 모시고 다니며 여러 가지 문제를 묻고 토론했습니다. 점령한 곳의 귀중한 자료는 마케도니아로 보내 연구하도록 했습니다. 그렇게 해서 학문을 높이고 문화를 꽃피웠습니다.

티루스를 함락시킨 알렉산드로스왕은 남쪽으로 진군해 이집트

로 들어갔습니다. 그곳에서 호메로스의 시집 『오디세이아』에 나오는 파로스섬으로 갔습니다.

"먼 나라 이집트의 바닷가에 있는 한 섬 파로스, 물결치는 그곳에……."

알렉산드로스왕은 어릴 때부터 읊으며 꿈을 키웠던 파로스 땅에 새 도시를 세우고, 자기 이름을 따서 '알렉산드리아'라고 불렀습니다. 그 뒤 알렉산드리아는 상업과 문화의 중심지가 되어 근대에까지 번창했습니다.

알렉산드로스왕은 페르시아의 왕족들을 풀어 주면 많은 돈을 주겠다며 휴전을 제의한 다리우스왕의 말을 거절했습니다.

그 뒤 얼마 지나지 않아 다리우스왕의 왕비가 죽자, 다리우스왕은 복수를 외치며 알렉산드로스왕과의 결전을 위해 총진격했습니다.

마침내 대결전의 날이 되었습니다. 그러나 용감하기로 이름난 다리우스왕의 군대도 승승장구하는 그리스 연합군을 당해 낼 수는 없었습니다. 결국 다리우스왕도 견디다 못해 도망치기 시작했습니다. 하지만 알렉산드로스왕이 보우케팔루스를 타고 그 뒤를 쫓았습니다. 지난번에는 부상을 입어 다리우스왕을 놓치고 말았지만, 이번에는 어림없다고 생각했습니다.

알렉산드로스왕은 다리우스왕에게 창을 던졌습니다. 그러나 창은 다리우스왕의 투구를 날리고 머리털을 스치며 호위병의 가슴을 꿰뚫었을 뿐, 이번에도 다리우스왕을 놓치고 말았습니다.

그러나 그리스 연합군은 대승을 거두었으며, 페르시아의 왕성 바빌론도 함락시켰습니다. 바빌론을 점령한 알렉산드로스왕은 동으로 진군해 수사(지금의 슈슈)를 무너뜨림으로써 마침내 페르시아를 멸망시키고 말았습니다.

겨우 도망쳐 나온 페르시아의 왕 다리우스의 최후는 더욱 비참했습니다. 그의 부하들에게 목숨을 잃었던 것입니다. 이로써 페르시아는 나라를 세운 지 370년 만인 다리우스 3세 때 멸망했습니다. 기원전 330년의 일이었습니다.

알렉산드로스왕은 유럽과 아시아 문화를 합쳐 새로운 문화를 이룩해 나갔습니다. 이때부터 유럽과 아시아, 아프리카에 걸쳐 대제국을 이룩한 알렉산드로스왕을 '위대한 대왕'이라고 불렀습니다.

그러나 알렉산드로스 대왕의 정책을 못마땅하게 여긴 장군들이 반란을 일으켜 암살 음모를 꾸몄습니다. 이 사실을 안 경호 대장 쿠르타스가 거짓 연회를 베풀어 암살 음모자들을 모두 없애 버렸습니다.

알렉산드로스 대왕은 암살 음모를 무릅쓰고 세계 통일을 향해 나아갔습니다. 그런데 인도의 일부를 정복하고 페르시아로 돌아온 뒤, 갑자기 열병에 걸렸습니다. 알렉산드로스왕은 열병으로 쓰러질 때까지도 세계 통일의 꿈을 버리지 않았습니다.

기원전 323년 7월, 그는 긴 악몽에서 헤매다가 숨을 거두었습니다. 한창 뜻을 펼칠 33세의 젊은 나이였습니다. 사람들은 알렉산드로스 대왕의 죽음을 두고 그의 정책을 반대하던 부하들이 독살한 것이라고 이야기했습니다. 알렉산드로스가 가졌던 세계 정복의 야망이 너무 컸기 때문에 그런 말이 나올 수도 있었을 것입니다.

한니발

(BC 247~BC 183)

죽음보다 두려운 알프스를 넘었으니
이제 두려울 게 없다!

신전에서 한 맹세

카르타고 항구는 오랜만에 북적였습니다. 포에니 전쟁에서 로마에 지고 난 뒤, 처음으로 이렇게 활기가 넘쳤습니다. 군함 수척에는 칼과 창이 가득 실렸고, 부둣가에서는 투구를 쓴 군인들이 바삐 움직였습니다.

군인들 사이로 백마를 탄 늙은 장군이 나타났습니다. 9세쯤 된 영리하게 생긴 소년이 장군을 따르고 있었습니다. 바로 '번개 장군'이라 불리는 카르타고의 영웅 하밀카르 장군이었습니다. 그는 바알 신전 앞에서 엄숙히 기도를 드리고 소년에게 물었습니다.

"아들아, 너도 이 아버지를 따라 에스파냐 원정을 가겠느냐?"

"네, 아버지. 그 말씀을 기다리고 있었습니다."

두 눈을 반짝이며 소년이 대답했습니다.

"장하다, 내 아들아! 그러나 에스파냐로 원정을 가는 것은 그 나라만을 정복하기 위해서가 아니다."

"예, 에스파냐에서 훈련을 쌓아 우리의 원수인 로마를 쳐부수어야 한다는 것을 저도 알고 있습니다."

"그렇다면 목숨을 바쳐 원수를 갚겠다고 이곳에서 맹세해라."

소년은 신전에 무릎을 꿇고 엄숙하게 맹세했습니다. 이 소년이 뒷날 세계를 뒤흔든 한니발 장군입니다.

당시 지중해를 장악하고 있던 카르타고는 유럽 여러 나라를 지배하고 있던 로마와 23년간 전쟁을 했습니다. 그러나 로마와 싸우기에는 카르타고의 힘이 너무 부족했습니다.

어쩔 수 없이 굴욕적인 평화 조약을 맺을 수밖에 없었던 하밀카르 장군은 로마를 쳐부술 생각만 하고 있었습니다.

마침내 하밀카르 장군은 군대를 일으켜 에스파냐에 새로운 카르타고를 세웠습니다. 그리고 에스파냐에 온 지 10년도 되지 않아 로마에 버금 가는 강대국이 되었습니다. 그러나 하밀카르 장군이 전사하고, 하밀카르의 사위 하스드루발마저 암살당하자, 한니발은 28세의 젊은 나이에 에스파냐에 주둔한 카르타고 군대의 대장군이 되었습니다.

알프스를 넘어서

한니발의 마음속에는 언제나 원수의 나라 로마를 멸망시켜야 한다는 굳은 결심이 있었습니다.

'아버지와 매형의 원수, 조국 카르타고의 원수인 로마를 반드시 멸망시키고 말리라!'

대장군이 된 한니발이 로마의 동맹국인 에스파냐의 도시 사군툼을 공격하자, 로마에서는 사신을 보내 카르타고를 위협했습니다. 로마의 사신 파비우스는 예복 주머니를 두드리며 큰 소리로 외쳤습니다.

"보라! 이 주머니에는 전쟁과 평화가 들어 있다. 그대들은 어떤 것을 택하겠는가?"

카르타고의 정치가들은 태연하게 말했습니다.

"어떤 것이든 좋소. 당신들 마음대로 하시오."

회담이 깨졌다는 소식을 들은 에스파냐의 한니발은, 어릴 때 신전에서 맹세한 일을 실천할 때가 되었다고 생각했습니다. 한니발은 험준한 알프스산을 넘어 이탈리아로 쳐들어갈 계획을 세웠습니다. 한편, 로마군은 한니발이 알프스산을 넘어오리라고는 꿈에도 생각지 못했습니다. 그만큼 알프스산은 높고 험했습니다. 하지만 로마 정복이라는 큰 포부를 지닌 한니발은 기병 1만 2,000명, 보병 9만 명을 이끌고 로마 원정을 떠났습니다.

로마는 사령관 스키피오에게 대군을 주어 한니발의 군대와 맞서게 했습니다. 그러나 한니발은 서쪽으로 진군해 오는 스키피오의 군대를 피해 동북쪽으로 군대를 이끌어 마침내 알프스산 밑에 도착했습니다.

한니발의 선두 부대가 알프스산 깊은 골짜기로 들어서자, 산속에서 산적 노릇을 하는 야만인들이 벼랑 꼭대기에서 바위를 굴리며 공격해 왔습니다. 많은 병사들이 바위에 깔려 죽기도 하고 산골짜기로 떨어지기도 했습니다.

평소 한니발의 계획에 반대하던 사람들은 이때를 틈타 후퇴할 것을 주장했습니다. 하지만 한니발은 뜻을 굽히지 않고 앞으로 나갈 것을 명령했습니다.

알프스산을 오른 지 9일째 되는 날, 한니발의 군대는 드디어 산의 정상에 올라섰습니다.

"보라, 저기 로마가 보인다! 우리가 찾던 보물이 눈앞에 있으니 모두들 힘을 내라!"

추위에 지쳐 있던 병사들은 한니발의 말에 용기를 내어 산을 내려가기 시작했습니다. 그러나 얼어붙은 산을 내려가는 것은 칼날 위를 걷는 것처럼 힘들었습니다. 살아남은 병사는 기병 6,000명, 보병 2만 명뿐이었으며, 그나마 이들도 추위와 배고픔에 지칠 대로 지쳐 있어서 전쟁을 치를 만한 상태가 아니었습니다. 한니발이 알프스산을 넘었다는 소문은 곧 로마 군사와 시민들에게도 알려지게 되었습니다.

"한니발이 알프스를 넘었다."

"한니발이 로마를 향해 진격하고 있다."

이 소식을 들은 로마 군은 크게 당황했습니다. 숫자가 적은 한니발 군대를 대수롭지 않게 생각했다가 험준한 알프스산을 넘었다는 말에 깜짝 놀란 것이었습니다.

한니발 병사들은 알프스산을 넘었다는 자부심으로 사기가 크게 올라 로마 군을 이기겠다는 결심을 다지고 있었습니다.

연전연승의 길

　마침내 로마 군과 카르타고 군의 싸움이 시작되었습니다. 로마 군은 용감한 한니발의 군대를 당해 낼 수가 없었습니다. 많은 병사들이 전사했으며, 대장 스키피오도 부상을 입었습니다. 한니발은 후퇴하는 스키피오의 군대를 뒤쫓아 트레비아 평야에 이르렀습니다. 그곳에서 한니발은 센프로니우스 장군과 또 한판 싸움을 벌였습니다. 한니발의 군대는 이 전투에서도 크게 승리를 거두었습니다.

　봄이 되자, 한니발은 포강 유역에서 진격을 시작했습니다. 그러나 봄비가 계속 내려 행군이 몹시 더뎠습니다. 땅은 질척거리고 습기가 심해 병사들이 병에 걸렸습니다. 한니발 역시 심한 눈병에 걸렸지만 치료할 시간이 없었습니다. 한니발은 한쪽 눈을 영영 못쓰게 되었습니다. 그러나 한니발에게 애꾸눈쯤은 아무것도 아니었습니다.

한니발의 군대가 로마에 가까워질수록 로마 시민들은 더욱 불안에 떨었습니다. 이때 로마의 집정관인 플라미니우스 장군이 한니발 군을 무찌르려고 출동 준비를 했습니다. 로마 군이 진격해 오고 있다는 소식을 들은 한니발은 트라시메노 호수 주변에 진을 치고 그들을 기다렸습니다. 험준한 산들로 둘러싸인 이 호수는 화산이 폭발해서 생긴 것이었습니다. 로마 군은 안개가 짙게 낀 호숫가를 행진했습니다. 로마 군의 말발굽 소리가 들리자 한니발은 공격 명령을 내렸습니다. 예상치 못한 공격에 당황한 로마 군은 서로 밟고 밟히면서 도망치기 바빴습니다. 그러나 겨우 산길을 벗어나자 이번에는 야만인들의 습격이 기다리고 있었습니다. 로마 군은 후퇴도 공격도 하지 못한 채 크게 패했습니다. 3시간이나 계속된 싸움에서 로마 대장군 플라미니우스가 전사했습니다.

이 싸움이 바로 트라시메노 전투입니다. 한니발은 적이지만 용감하게 싸운 플라미니우스 장군의 시체를 찾아 장사를 지내 주려고 했지만, 그의 시체를 찾을 수 없었습니다.

승리로 이끈 황소 작전

로마는 또다시 혼란에 빠졌습니다. 로마 원로원(오늘날의 국회와 비슷함)에서는 파비우스 장군을 새로운 사령관으로 임명했습니다. 로마의 귀족 가문에서 태어난 파비우스는 침착하고 생각이 매우 깊었습니다. 파비우스는 한니발과 맞서 싸워서는 이길 수 없다는 것을 알고 싸움을 오래 끄는 전략을 세웠습니다.

한니발은 여러 번 거듭된 전투로 병사들의 수가 크게 줄어들었고, 양식도 턱없이 부족했기 때문에 초조했습니다. 파비우스는 되도록 싸움을 피하며 한니발이 공격하면 도망치고, 한니발이 물러서면 공격하는 지연 작전을 폈습니다. 한니발은 파비우스를 어떻게든 꾀어 단번에 물리쳐야겠다고 마음먹었습니다. 그래서 온갖 지혜를 동원해 파비우스와 맞설 방법을 찾았습니다.

파비우스가 싸움을 하지 않자, 로마 군기병 대장인 미누키우스가 비웃었습니다.

"파비우스 장군은 한니발의 꽁무니만 쫓아다니는 몸종이다."

파비우스의 깊은 생각을 알지 못하는 다른 장군들도 미누키우스의 편을 들었습니다. 그러나 파비우스는 아무 일도 없는 것처럼 태연했습니다.

파비우스가 지연 작전을 펴는 동안, 한니발은 큰 실수를 하게 되었습니다. 그의 군사들이 험한 카실리니움 골짜기에 갇히게 되었던 것입니다. 파비우스는 이때를 틈타 골짜기 입구에 군사 8,000명을 잠복시켰습니다. 한니발 군은 파비우스의 군대에 포위되어 800명이나 되는 군사를 잃고 말았습니다. 그러나 한니발은 당황하지 않고 새로운 작전을 세웠습니다.

"황소를 최대한 많이 모아 오너라."

한니발의 명령이 떨어지자 부하들은 황소를 모아들였습니다. 삽시간에 황소 2,000여 마리가 모였습니다. 한니발은 마른 풀과 나무도 모으게 하고는 한밤중이 되기를 기다렸습니다.

밤이 되자, 한니발은 마른 풀과 나무를 황소의 뿔과 꼬리에 매달고 불을 붙이도록 했습니다. 불이 타들어 가자 황소들은 미친 듯이 날뛰며 로마 군을 향해 달려갔습니다.

황소들의 모습이 로마 군에게는 횃불을 들고 공격하는 병사들처럼 보였습니다. 로마 군대는 큰 혼란에 빠졌습니다.

이렇게 해서 한니발은 또 한 번 로마 군을 크게 무찌를 수 있었고, 사람들은 꼭 이길 것이라고 예측했던 카실리니움 전투에서 패배한 파비우스를 비웃고 업신여겼습니다.

한편, 한니발은 로마를 휩쓸고 다니면서도 파비우스의 고향은 건드리지 않았습니다. 오히려 파비우스의 고향을 보호해 주었습니다. 이 때문에 파비우스가 한니발과 내통하고 있다는 소문이 퍼졌습니다.

그 무렵 파비우스는 로마에 가야 할 일이 생겼습니다. 그래서 군대의 지휘를 미누키우스에게 잠시 맡기게 되었습니다.

"내가 없는 동안 절대로 한니발과 전투를 벌이지 마시오."

그러나 미누키우스는 파비우스가 떠나자마자 곧 싸움을 시작했습니다. 미누키우스는 작은 부대를 공격해 몇 번의 승리를 거두었습니다. 싸울 때마다 지던 로마 군이 이기자, 로마 사람들은 기뻐서 어쩔 줄 몰랐습니다. 그리고 미누키우스에게도 사령관이라는 직책을 주었습니다.

파비우스가 전선으로 돌아가자, 미누키우스가 으스대면서 말했습니다.

"우리는 이제 똑같은 사령관이오, 파비우스 장군. 둘이서 번갈아 가며 군대를 지휘하도록 합시다."

그러나 파비우스는 미누키우스의 제안을 거절했습니다. 결국 군대를 둘로 나누어 한 쪽씩 지휘하기로 했습니다. 파비우스는 거만한 미누키우스에게 따끔하게 충고했습니다.

"당신의 적은 한니발이지, 나 파비우스가 아니오."

로마 군이 두 파로 갈라졌다는 소식을 들은 한니발은 파비우스 군과 미누키우스 군 중간에 군대를 숨겨 두었습니다. 그리고 작은 부대를 산 위로 보내 진을 치는 것처럼 보이게 했습니다.

한니발의 꾀에 넘어간 미누키우스는 산 위로 올라가는 한니발의 부대를 향해 진격했습니다. 그러나 미처 산기슭에 이르기도 전에 숨어 있던 한니발의 병사들에게 걸려들고 말았습니다. 미누키우스 군은 갈팡질팡하며 쓰러졌습니다. 이 광경을 멀리서 지켜본 파비우스는 크게 한탄했습니다.

파비우스는 전군에 공격 명령을 내리며 일렀습니다.

"가서 미누키우스 장군을 구해 오거라. 그는 로마에서 가장 훌륭한 장군이다."

파비우스의 군대가 밀려오자 한니발은 재빨리 후퇴했습니다.

겨우 목숨을 건진 미누키우스는 자신을 구해 준 파비우스의 은혜에 크게 감동했습니다. 그는 군기를 들고 파비우스 앞으로 나가 무릎을 꿇고 말했습니다.

"파비우스 장군, 당신은 오늘 두 가지 승리를 거두었습니다. 하나는 한니발을 물리친 일이고, 또 하나는 당신의 지혜와 은혜로 우리 군사들에게 교훈을 심어 준 일입니다."

그 뒤 미누키우스는 예전처럼 부사령관이 되어 파비우스의 명령을 따랐습니다. 사령관의 임기를 마치고 직책에서 물러난 파

비우스의 뒤를 이은 사람은 바로와 에밀리우스, 두 사람이었습니다.

파비우스는 침착한 에밀리우스를 불렀습니다.

"에밀리우스, 당신이 두려워해야 할 사람은 한니발이 아니오. 지금 한니발의 병사는 처음의 3분의 1로 줄어들었소. 그렇기 때문에 올 1년 동안 만 한니발과 싸우지 않고 버틴다면 그는 반드시 물러갈 것이오. 그러나 바로가 걱정이오. 우리의 적은 한니발이 아니라 바로처럼 조급하게 구는 사람이오."

에밀리우스는 파비우스 앞에서 맹세를 했습니다. 하지만 에밀리우스의 맹세는 결국 바로 때문에 깨어지고 말았습니다. 바로와 에밀리우스는 하루 건너 교대로 군대를 지휘하게 되어 있었습니다.

그러던 어느 날, 마침내 위태로운 일이 벌어졌습니다. 바로가 전 로마 군을 칸나이 벌판에 모아 놓고 전투 개시 신호인 붉은 깃발을 높이 들어올렸던 것입니다.

칸나이 전투의 대승리

이 광경을 본 한니발의 부하 기스코가 말했습니다.

"로마 군의 수가 매우 많군요. 우리의 배가 넘을 것 같습니다."

"그렇소. 그러나 그보다도 더 놀라운 것이 있소. 그대는 그 놀라운 것이 무엇인지 알고 있소?"

한니발이 웃으며 말하자 기스코는 어리둥절했습니다.

"로마 군이 저렇게 많지만, 그들 가운데 기스코 장군처럼 용감한 사람이 없다는 것이오."

한니발의 말을 듣고 주위에 있던 장군들이 모두 웃음을 터뜨렸습니다. 이 말은 산을 내려오는 동안 모든 병사들에게 퍼졌습니다. 모두들 새롭게 용기를 얻었고, 기분도 한결 좋아졌습니다.

그날 따라 바람이 몹시 불었습니다. 한니발의 군대는 바람을 등지고 싸우며 초승달 작전을 폈습니다.

한니발은 우선 반달 모양으로 군대의 진을 치게 했습니다. 가장 강한 부대를 좌우 양쪽 끝에 배치하고, 약한 부대는 중앙에 두었습니다. 로마 군과 한니발 군은 서로 양보할 수 없는 팽팽한 싸움을 벌였습니다.

그러나 얼마 지나지 않아 한니발 군대의 중앙이 로마 군에게 밀리기 시작했습니다. 바로는 신바람이 나서 더욱 맹렬하게 공격했습니다. 바로는 이미 한니발의 작전에 걸려들고 만 것이었습니다.

로마 군이 깊숙이 쳐들어오자, 초승달 모양으로 벌어져 있던 한니발의 군대가 로마 군을 에워쌌습니다. 결국 로마 군은 패하고 말았습니다. 침착한 에밀리우스도 이 싸움에서 전사했습니다. 전투를 승리로 이끈 한니발은 병사들과 함께 진지로 돌아왔습니다.

칸나이 전투에서 승리를 거둔 이후, 여러 나라들이 한니발에게 항복해 왔습니다. 이 싸움에서 패한 로마는 절망과 공포에 휩싸여 아수라장이 되었습니다. 그러나 파비우스만은 절망하지 않았습니다. 그는 로마의 여러 성문을 닫고 파수병을 세웠습니다. 또한 파비우스의 뜻을 따르는 젊은이들도 조국 로마를 지키겠노라 맹세했습니다.

"우리의 조국 로마를 버리고 떠나는 자는 나의 원수다. 나는 한니발보다 먼저 그 원수를 죽일 것이다!"

이렇게 외치며 일어선 스키피오 아프리카누스가 뒷날 한니발을 항복시키게 됩니다.

동생의 목을 보고 통곡하다

한니발이 로마로 원정을 온 지도 어언 8년이 지났습니다. 그동안 한니발은 많은 전투를 승리로 이끌었습니다. 그러나 전쟁과 병으로 죽은 병사들도 많았습니다. 한니발은 전투에서는 승리를 거두면서도 정작 로마를 점령하지는 못했습니다. 로마는 칸나이 전투에서 패한 뒤 군대를 재편성했기 때문에 아직도 군사가 많았습니다.

또한 로마 군은 성문을 굳게 닫은 채, 한니발과는 싸우려고 하지 않았습니다. 넉넉지 않은 식량과 적은 군사로 로마를 치는 것은 쉬운 일이 아니었습니다.

마침내 한니발은 본국에 지원병을 요청했습니다. 그러나 카르타고는 한니발의 요청을 들어주지 않았습니다.

이때 에스파냐에 있던 한니발의 동생 하스톨발이 형을 돕기 위해 군대를 일으켰습니다. 하스톨발은 군대와 많은 보급품을 가지고 형처럼 알프스산을 넘어 로마로 향했습니다.

이 소식을 들은 로마에서는 한니발만큼 용맹한 하스톨발을 막으려고 군대를 둘로 나누는 소동이 벌어졌습니다. 한쪽은 한니발을, 다른 한쪽은 하스톨발을 맡기로 했습니다.

한편, 한니발은 동생이 오기만을 기다렸습니다. 하스톨발은 자신이 도착했다는 것을 알리는 편지를 써서 한니발에게 전하도록 했습니다. 그러나 편지를 지닌 기병들이 한니발에게 가는 도중에 로마 군에게 붙잡히고 말았습니다. 밀서를 중간에서 가로챈 로마 장군 네로는 둘로 나누었던 군대를 합쳐 먼저 하스톨발 군을 공격했습니다.

하스톨발은 선두에서 로마 군을 무찌르기 시작했지만, 로마 군을 당해 내기에는 역부족이었습니다. 하스톨발 군은 마침내 전멸을 당하고 말았습니다.

하스톨발 군을 이긴 네로는 한니발과 대치하던 진지로 돌아와 하스톨발의 목을 한니발에게 보냈습니다.

동생을 만나게 될 날만을 손꼽아 기다리던 한니발은 동생의 목을 보고 크게 탄식했습니다.

그 무렵 로마에는 훌륭한 장수가 나타났습니다. 그는 칸나이 전투에서 로마 군이 패했을 때 칼을 뽑아 들었던 스키피오였습니다. 이제 29세가 된 청년 스키피오는 지혜로운 장군이었습니다. 스키피오는 한니발과 정면으로 싸워서는 승산이 없음을 깨닫고 한니발을 피해 다녔습니다.

그러다가 갑자기 군사를 이끌고 카르타고 본국으로 향했습니다. 로마와 카르타고는 배로 3일이 걸리는 거리에 있었습니다. 카르타고는 스키피오 군의 기습 공격을 받고 당황해서 한니발을 본국으로 불러들였습니다.

9세 때 아버지와 함께 에스파냐로 떠났던 한니발은 45세가 되어서야 비로소 고향 땅을 다시 밟았습니다. 카르타고로 돌아온 한니발은 스키피오와 회담을 가졌습니다. 로마의 장군 스키피오는 카르타고가 항복하기를 바랐습니다. 이미 힘이 약해진 카르타고였지만, 무조건 로마에 항복할 수는 없었습니다.

회담은 깨지고, 한니발이 이끄는 카르타고 군과 스키피오가 이끄는 로마 군은 다시 치열한 싸움을 벌였습니다. 그러나 카르타고 군은 이 싸움에서 무참히 패하고 말았습니다.

카르타고를 이긴 로마 군은 카르타고가 다스리던 에스파냐도

정복했습니다. 그런 다음 알프스 남쪽에 걸쳐 있던 이탈리아 전체를 정복해 나갔습니다.

하지만 로마가 이렇게 강해졌어도 카르타고만은 함부로 건드리지 않았습니다. 한니발이 두려웠기 때문이었습니다.

"카르타고는 두렵지 않으나 한니발은 두렵다."

이것이 로마인의 마음이었습니다.

카르타고의 국력이 약해진 뒤에도 한니발은 로마에 원수를 갚아야 한다는 생각을 잊지 않았습니다. 한니발은 카르타고를 다시 일으켜 세우는 데에 온 힘을 쏟았습니다. 한니발의 노력으로 카르타고는 다시 부강해졌으며, 군대의 사기도 높아졌습니다.

세 번째 영웅, 한니발

그 무렵, 로마에서는 카르타고로 사자를 보냈습니다.

"한니발은 아직도 로마와 싸우려고 한다. 만일 한니발을 로마에 넘겨주지 않는다면, 로마는 카르타고를 짓밟아 버릴 것이다."

이 이야기를 전해 들은 한니발은 자기 한 사람을 희생시켜 카르타고를 구하기로 마음먹었습니다.

한니발은 아무도 모르게 카르타고를 벗어나 지중해 동쪽 해안에 있는 시리아로 갔습니다. 한니발은 시리아의 왕을 만나 그리스, 마케도니아, 아시아, 아프리카의 여러 나라와 힘을 합쳐 로마를 쳐부수자는 자신의 계획을 말했습니다.

시리아 왕은 한니발에게 최고 고문 직책을 주고, 정성스럽게 대접했습니다. 그러나 시리아의 대신들은 한니발을 시기했고, 마침내 그를 추방시켰습니다.

시리아에서 추방된 한니발은 이후 여러 나라를 전전하며 자신의 웅대한 계획을 주장했습니다. 그러나 아무도 한니발의 생각에 귀를 기울이지 않았습니다.

그는 이미 60세가 넘었고, 로마 사람들도 한니발을 불쌍히 여겨 잡으려고 하지 않았습니다.

그러던 어느 날, 로마의 고관 플라미니우스가 신의 계시를 받았습니다.

"리빗사에 한니발의 뼈를 묻어라."

로마 군은 한니발을 잡으려고 많은 군사를 보냈습니다.

한니발은 만일의 경우를 대비해 항상 독약을 가지고 다녔습니다. 그는 자기 목숨이 얼마 남지 않았음을 깨닫고 이렇게 말했습니다.

"로마 사람들아! 나 때문에 시달리던 공포에서 벗어나라. 너희들은 내가 병들어 죽을 때를 기다릴 수 없었느냐!"

한니발은 독약을 마시고 스스로 목숨을 끊었습니다.

40여 년간이나 로마를 상대로 싸워 온 영웅이 마침내 사라진 것입니다. 한니발이 죽던 그해에 로마의 대장군 스키피오도 병

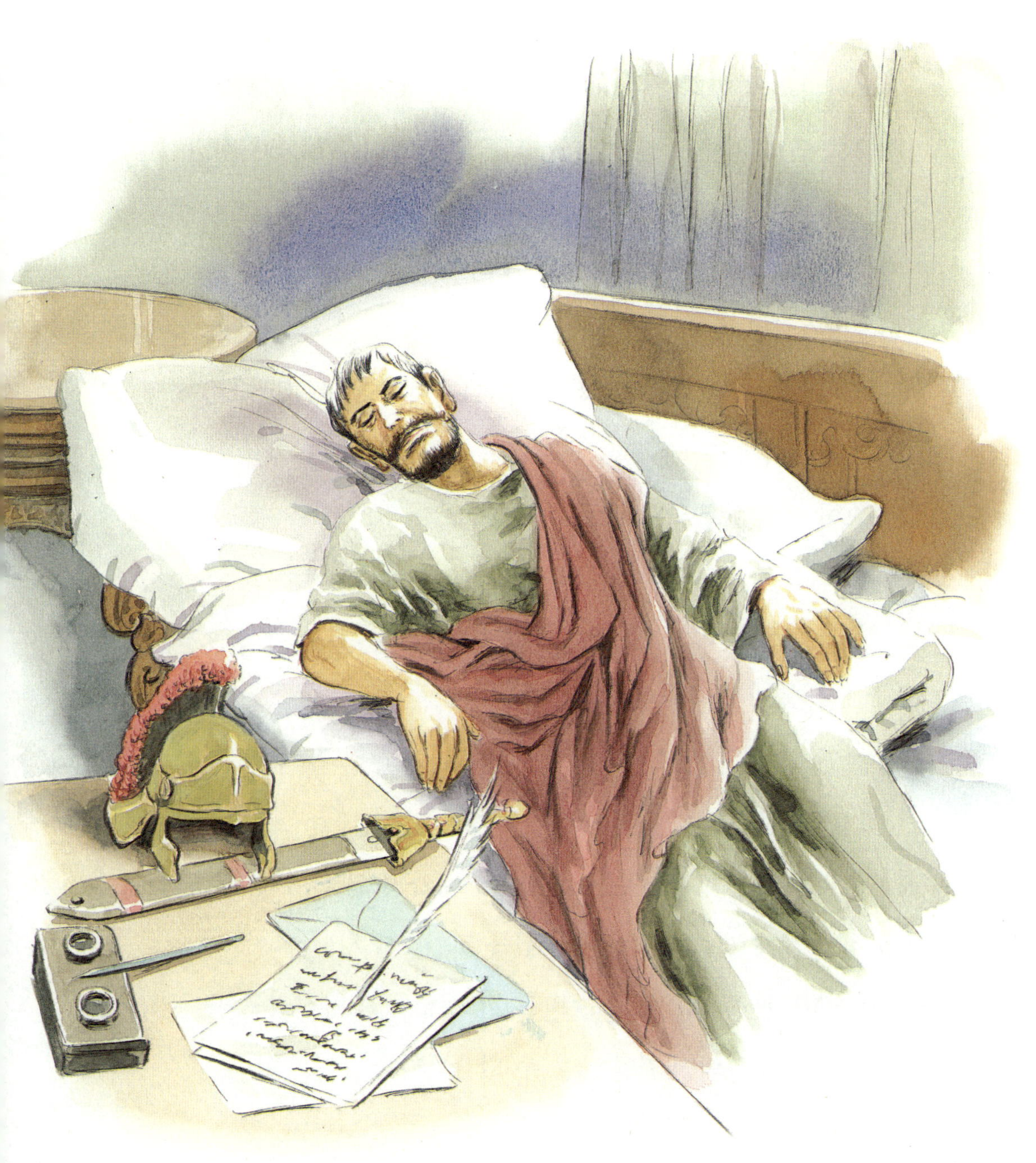

이 들어 숨을 거두었습니다.

스키피오와 한니발은 비록 칼을 들고 맞서 싸운 적이었지만, 서로를 인정해 주던 영웅들이라고 오늘날까지 전해 옵니다.

언젠가 스키피오는 우연히 한니발을 만난 적이 있었습니다. 두 사람은 적이었지만 서로를 반기며 마주 앉아 옛날 영웅 이야기를 나누었습니다.

"한니발 장군은 예부터 지금에 이르기까지 누구를 최고의 영웅으로 보십니까?"

"그야 물론 알렉산드로스 대왕이지요."

"그 다음은 누구입니까?"

"에플루스의 피루스왕이 아닐까요?"

"그럼 세 번째는 누구입니까?"

"그건 한니발, 바로 나 자신입니다."

"그러나 나한테 패하지 않았습니까?"

"그렇기 때문에 세 번째지요. 만일 내가 당신을 이겼더라면 내가 바로 세계 제일의 영웅이 되었을 것입니다."

이 말을 통해 스스로의 능력을 믿고 끝까지 자신의 뜻을 굽히지 않은 한니발의 의지를 배울 수 있습니다.

키케로

(BC 106~BC 43)

로마의 수호신
아테네 신에게

황제 노릇을 한 아이

"키케로가 누구니? 도대체 어떻게 생긴 아이야?"

"키케로가 어떤 아이인데, 우리 아들이 그 아이를 황제처럼 떠받들고 다닙니까?"

어느 날, 부모들이 학교로 우르르 몰려와 한바탕 소동을 벌였습니다. 이 소동은 키케로를 황제처럼 떠받드는 키케로의 어린 친구들이, 집에 들어오기 무섭게 키케로 이야기만 했기 때문에 빚어진 일이었습니다.

이처럼 어릴 때부터 친구들에게 존경을 받은 키케로는, 기원전 106년 1월 3일, 이탈리아의 아르피눔이라는 곳에서 태어났습니다. 키케로의 아버지는 평민과 귀족의 중간 신분인 기사였으나,

어머니는 아주 훌륭한 가문에서 태어난 귀족이었습니다.

그의 부모님은 갓 태어난 아이의 이름을 '키케로'라고 불렀습니다. '마리쿠스 줄리우스'라는 이름을 지었지만, 어릴 때에는 키케로라고 불렀던 것입니다.

키케로란 옛날 라틴어로 '살갈퀴'라는 뜻입니다. 살갈퀴는 콩과에 속하는 식물인데, 줄기와 잎은 사료로 쓰고 열매는 사람이 먹습니다. 버릴 데 없이 두루두루 필요한 인물이 되라는 뜻이었습니다.

키케로는 자라서 어느덧 학교에 들어가게 되었고, 열심히 공부했습니다. 특히 시를 잘 지었는데, 키케로가 어릴 때 쓴 시가 오늘날까지 남아 있습니다.

키케로는 마음씨가 착하고 의리도 있어서 친구들이 모두 그를 좋아하며 잘 따랐습니다. 키케로는 웅변 연습도 부지런히 했습니다. 그래서 어른이 되었을 때, 그는 로마 제일의 웅변가가 되었으며 시인으로 이름을 떨치기도 했습니다.

키케로는 카르타고의 유명한 학자 클라토마쿠스의 수제자인 필로를 스승으로 모시고 배웠습니다. 필로는 그리스 사람이었지만, 기원전 88년 아테네에서 로마로 피난을 왔습니다. 필로는 로마에 와서도 높은 인격과 뛰어난 웅변으로 로마 시민들에게 존경을 받았습니다.

그 무렵 키케로는 로마 원로원 의원이며 정치가로 이름을 날리던 무키우스와 사귀면서 법률 지식도 많이 얻었습니다.

기원전 90년, 로마에서 동쪽으로 떨어져 있는 푸키누스호 남쪽에 살던 사람들이 전쟁을 일으켰습니다. 전쟁이 일어나자, 키케로는 술라의 군대에 들어가 전투에 참가했습니다. 이때의 로마는 많은 당파로 나뉘어 정치가들끼리 싸우고 있었습니다.

'세상이 어지러우니 정치에 나서지 않겠다!'

키케로는 그리스 학자들과 어울려 학문에만 힘을 쏟았습니다.

드디어 술라가 로마의 정권을 잡아 독재를 하기 시작했습니다. 이때 한 사건이 일어났습니다. 독재자 술라가 풀어 준 노예 가운데 크리소고누스라는 사람이 있었는데, 그가 사형당한 어떤 사람의 집을 아주 헐값으로 사들였던 것입니다. 그러자 사형당한 사람의 아들인 로스키우스가 너무 억울하고 분한 나머지 법정으로 가서 따지자고 했습니다.

이 이야기를 들은 술라는 오히려 로스키우스에게 아버지를 죽였다는 누명을 씌워 재판을 받도록 했습니다. 그러나 독재자 술라의 보복이 두려워 어느 누구도 로스키우스를 변호해 주려고 하지 않았습니다. 앞날이 캄캄해진 로스키우스는 키케로에게 달려

가 억울함을 호소하고 변호를 맡아 달라고 부탁했습니다.

"키케로 선생님, 정말 억울합니다. 저를 좀 도와주십시오."

키케로는 사정을 듣고 나서 변론을 맡기로 했습니다.

"당신의 변호를 맡겠소. 걱정 말고 돌아가서 기다리시오."

이 사건은 로마 시민들에게 큰 관심거리가 되었습니다.

"정치가로 이름을 떨칠 수 있는 좋은 기회야."

키케로의 친구들도 그를 격려해 주었습니다.

기원전 80년, 키케로는 로스키우스의 변호를 맡아 재판에서 이김으로써 순식간에 이름을 크게 떨쳤습니다.

'틀림없이 술라가 나에게 보복을 할 것이다!'

이렇게 생각한 키케로는 몸이 약해져서 휴양을 해야겠다는 핑계를 대고 그리스로 여행을 떠났습니다. 키케로는 몸이 워낙 수수깡처럼 말랐기 때문에 아무런 의심을 받지 않았습니다.

키케로는 아테네에서 웅변술을 배우고 철학 공부를 했습니다. 한때 정치를 버리고 아테네에 살면서 철학 공부나 할까 생각도 해 보았지만, 로마의 독재자 술라가 죽었다는 소식을 듣고 로마로 돌아왔습니다.

기원전 78년, 키케로의 나이 28세. 키케로는 그동안 요양도 하고 하고 싶었던 공부도 한 덕분에, 약했던 몸이 늠름해지고 학문과 웅변술도 뛰어나게 되었습니다.

키케로가 로마로 돌아가자, 키케로를 아끼던 그리스의 스승 아폴로디우스는 이렇게 한탄했습니다.

"우리 그리스가 여태껏 자랑으로 여겨 온 것은 학문과 웅변이었다. 그러나 이제 그 명예마저 키케로 때문에 로마에 빼앗기고 말았다."

시민이 지지하는 정치가

기원전 77년, 키케로는 로마로 돌아왔습니다. 키케로는 로마 시민들의 지지와 신뢰를 받으며 정치계에서 활약했습니다. 로마 시민들은 키케로의 인품을 존경했습니다. 그것은 대부분의 로마 사람들이 가문이나 권력, 재산을 등에 업고 이름을 떨쳤지만, 키케로는 오로지 자신의 노력과 능력만으로 정치계에 들어와 훌륭한 일을 많이 한 까닭입니다.

키케로는 크고 작은 재판을 통해서 계속 이름을 떨쳤습니다. 키케로에게는 로마 시민들의 지지와 신임이 전부였습니다. 아버지에게 물려받은 집은 동생에게 주고, 팔라티움 언덕에 작은 집을 짓고 그곳에서 살았습니다.

그 무렵 로마를 주름잡으며 이름과 세력을 떨치던 크라수스와 폼페이우스의 집에도 방문객들이 줄을 이었지만, 팔라티움 언덕에 있는 키케로의 작은 집에도 언제나 방문객이 많았습니다. 이렇듯 로마에서 키케로의 인기 또한 대단했습니다.

기원전 66년, 키케로는 정무관에 입후보해 이름난 정치가들을 제치고 당당히 당선이 되었습니다. 로마 시민들은 그에게 큰 기대를 걸었습니다.

키케로는 세력이 막강한 크라수스의 부하가 재판을 받을 때에도, 법을 공정하게 집행해서 시민들의 기대에 보답했습니다. 키케로는 정무관의 임기를 마칠 때까지 공정하게 임무를 수행했습니다.

그 무렵, 죽은 독재자 술라의 부하였던 폼페이우스가 과두 정치를 주장하고 나섰습니다. 과두 정치는 몇 사람의 권력자가 나라를 다스리는 정치 제도입니다. 여러 모로 상황이 불리했던 폼페이우스가 권력을 자기 손에 넣으려고 내놓은 주장이었습니다.

"로마의 권력을 잡으려는 폼페이우스의 야심을 꺾어야만 한다!"

로마 시민들은 폼페이우스의 주장을 공격했습니다. 그런데 키케로는 그런 폼페이우스를 도와주었습니다.

하지만 키케로를 굳게 믿고 있던 로마 시민들은 키케로가 하는 행동은 오직 로마 시민을 위한 것이라며 그를 탓하지 않았습니다. 그래서 귀족과 평민, 두 파는 힘을 모아 키케로를 추대해 집정관으로 뽑았습니다.

키케로는 마침내 최고의 지위에 오르게 되었습니다.

기원전 64년의 일이었습니다. 그러나 집정관 선거에서 떨어진 카틸리나가 반란 음모를 드러내기 시작했습니다.

카틸리나는 죽은 독재자 술라가 로마를 지배했을 당시 정치 권력을 잃었던 사람들과 손잡고 정치를 어지럽혔으며, 10인 정치 위원회를 만들자고 주장했습니다. 로마의 많은 귀족들이 그의 말에 찬성했습니다.

10인 정치 위원회의 위원이 되면 큰 권력을 잡을 수 있기 때문이었습니다. 키케로의 동료 집정관인 안토니우스도 그 무렵에 엄청난 빚을 지고 있어서 카틸리나의 도움을 받으려고 했습니다. 그래서 10인 정치 위원회에 들어가려고 카틸리나의 편을 들었습니다.

'안토니우스가 카틸리나 같은 사람과 손을 잡으면 로마가 위태로워진다!"

키케로는 빚에 쪼들리는 안토니우스를 도와주어야겠다고 생각

했습니다.

"안토니우스에게 마케도니아 총독을 겸임하게 해서 그 지방을 다스리도록 합시다."

키케로의 제안에 많은 정치가들이 찬성했습니다.

그 무렵에는 총독이 되면 많은 세금을 거두어들였기 때문에 부자가 될 수 있었습니다. 그래서 안토니우스가 카틸리나와 손잡는 것을 두려워한 많은 정치가들이 키케로의 제안에 찬성을 한 것입니다.

안토니우스는 키케로에게 은혜를 입은 뒤부터 그가 하는 일에 협조를 잘했습니다.

키케로는 안토니우스를 자기 편으로 끌어들인 다음, 반란 음모를 꾸미고 있는 카틸리나를 공격하기 시작했습니다.

키케로는 원로원 의원들을 이끌고 로마 시민들 앞에 나가 힘차게 외쳤습니다.

"여러분! 우리는 모두 평등한 시민입니다."

"10인 정치 위원회를 만들자는 것은 로마를 허물어 버리겠다는 말과 다름이 없습니다. 이것은 모두 카틸리나의 음모입니다."

키케로의 힘찬 웅변에 로마 시민들은 한마음이 되어 찬성의 박수를 보냈습니다.

　그러한 키케로의 열띤 웅변과 로마 시민들의 함성에 두려움을 느낀 카틸리나는 여러 지방에 흩어져 있던 술라의 부하들을 불러 모았습니다. 흉악한 짓을 하며 돌아다니던 그들은 재물을 약탈할 허황된 꿈을 꾸며 카틸리나에게 몰려들었습니다. 그들의 두목은 술라의 부하 장군이었던 만리우스였습니다. 만리우스는 카틸리나와 손잡고 집정관 선거 때 키케로부터 없애 버리기로 했습니다.

　키케로만 죽이면 자기 편인 카틸리나가 집정관이 되는 데 아무 문제가 없을 것이라고 생각했던 것입니다.

　키케로는 카틸리나가 집정관 선거에 나온다는 소식을 듣고, 실라우스와 무레나를 집정관으로 밀어 카틸리나의 음모를 부수기로 작정했습니다.

　마침내 집정관 선거 날이 되었습니다. 키케로는 귀족과 청년들의 호위를 받으며 선거장으로 나갔습니다. 선거장 구석구석에는 카틸리나의 비밀 지령을 받은 만리우스의 부하들이 숨어 있었습니다. 선거장에 나선 키케로는 자신이 지금 위험하다는 뜻으로 어깨에 걸치고 있던 웃옷을 벗어 속에 입은 얇은 갑옷을 로마 시민들에게 보여 주었습니다.

　키케로가 위험하다는 것을 눈치챈 로마 시민들이 키케로를 겹

겹이 에워쌌습니다.

"키케로가 위험하다. 키케로를 보호하자!"

위험에서 벗어난 키케로는 집정관 선거에서 다시 집정관으로 뽑혔고, 키케로가 밀어 준 실라우스와 무레나도 집정관으로 뽑혔습니다.

집정관 선거에서 떨어진 카틸리나는 서둘러 반란을 일으킬 군대를 모았습니다. 키케로는 카틸리나의 반란을 막기 위해 원로원 원로들을 모아 놓고 열띤 웅변을 했습니다.

"로마 주위에 반란군이 모여들고 있소. 카틸리나가 반란을 일으키려 군대를 모으는 것이오. 반란군의 세력이 더 커지기 전에 우리가 막아야만 하오."

로마의 국부로 추대되다

위기에 처한 로마를 구하기 위해 원로원에서는 키케로에게 모든 권한을 넘겨주기로 결정했습니다.

"로마의 권한을 모두 키케로에게 줍시다. 폼페이우스의 군대는 아무 소식도 없이 아직 돌아오지 않았으니 로마를 구할 사람은 오직 키케로뿐이오. 이제 모든 권한을 키케로에게 주어 이 위기에서 로마를 구합시다!"

로마의 권한을 모두 쥐게 된 키케로는 스타토르 신전에서 원로원 회의를 소집했습니다. 그러고는 카틸리나에게 로마의 이름으로 명령했습니다.

"로마를 떠나시오."

카틸리나는 키케로와 원로원의 여론에 밀려 하는 수 없이 무장한 군인들에게 둘러싸인 채 로마를 떠났습니다. 그러나 로마를 떠나기는 했지만, 반란군 2,000명과 함께 여러 도시를 돌아다니며 반란을 선동하고 결정적 시기만 노렸습니다.

로마 시내에 남아 있던 카틸리나의 심복 부하 코르엘리우스 렌틀루스는 카틸리나가 로마로 돌아오면 들고 일어나기로 하고 숨어 있었습니다. 그런데 '카틸리나보다 폼페이우스가 먼저 군사를 이끌고 오면 우리는 끝장이다.'라는 생각이 들었습니다. 그래서 원로원 의원들을 모조리 죽이고 로마 시내에 불을 지르려는 음모를 꾸몄습니다.

그러나 전부터 카틸리나와 그 일당들의 행동을 주의 깊게 살피고 있던 키케로가 반란군의 비밀 연락원을 붙잡아 그들의 음모를 미리 알아냈습니다. 그러고는 렌틀루스와 그의 부하들을 붙잡아 반란을 막았습니다.

키케로는 원로원 회의를 소집해 이 같은 사실을 밝혔습니다.

"반란 음모자들을 극형에 처합시다!"

모든 원로원 의원들은 분노하지 않을 수 없었습니다.

그들은 렌틀루스와 그의 일당을 사형에 처하기로 했습니다. 키케로는 감옥으로 달려가서 렌틀루스를 끌어내어 시내로 끌고 다니며 로마 시민들에게 구경시킨 다음 사형을 시키라고 명령했습니다. 시민들에게 구경시킨 것은 뒷날 다른 소리가 나오지 않도록 하려는 것이었습니다.

"키케로가 로마를 구했다!"

"키케로 만세!"

로마 시민들은 만세를 부르며 기뻐서 어쩔 줄 몰랐습니다.

로마 시민들은 집집마다 등불을 내걸고, 지붕 위에는 횃불을 켜 놓았습니다. 키케로를 존경한다는 뜻이었습니다.

"여러분, 로마를 위기에서 구한 키케로에게 로마 최고의 영광을 줍시다."

"키케로가 없었다면 아마도 로마는 멸망했을 것이오. 이제부터 키케로를 로마의 국부라고 부릅시다. 여러분, 어떻습니까?"

"좋소!"

"키케로 국부 만세!"

카토의 이런 제안에 로마 시민들은 찬성의 뜻으로 환성을 올리며 박수를 쳤습니다.

키케로는 '로마의 아버지'라는 뜻으로 '로마의 국부'라는 이름을 받았습니다. 키케로의 친구들이 어릴 때부터 황제처럼 받들었던 일이 어른이 되어 현실로 이루어진 것입니다.

그런데 국부라는 이름을 받고 로마 시민들의 인기와 지지를 한 몸에 받게 된 키케로가 점점 이상해졌습니다. 웅변을 할 때마다 꼬투리를 잡아 별로 잘못한 점이 없는 사람을 비꼬는 등 자꾸 로마 시민들의 눈살을 찌푸리게 했습니다. 또한 자신을 지나치게 내세웠습니다.

"키케로가 교만해졌다!"

로마 시민들은 차츰 키케로를 미워하게 되었습니다.

키케로의 맞수인 클로디우스는 이때를 놓치지 않았습니다.

그 무렵 로마는 크라수스, 폼페이우스, 카이사르 세 사람이 세력을 떨치고 있었습니다.

크라수스와 키케로는 사이가 아주 나빴고, 폼페이우스는 키케로와 클로디우스 어느쪽과도 사이가 나쁘지 않았습니다.

어느 날, 카이사르가 갈리아 전선으로 떠날 것이라는 소식을 듣고 키케로는 클로디우스의 공격을 피하려고 카이사르에게 자신을 부장으로 데려가 달라고 했습니다. 키케로와 카이사르는 두터운 관계를 맺고 있었습니다.

한편, 키케로를 꺾으려던 클로디우스는 키케로가 카이사르를 따라 갈리아로 떠날지도 모른다는 소식을 듣고는 키케로와 화해하겠다는 소문을 퍼뜨렸습니다.

곧 키케로가 그 소문을 들었습니다. 키케로는 클로디우스의 계략인 줄도 모르고 카이사르를 따라갈 필요가 없다고 생각해 로마에 주저앉고 말았습니다.

"키케로가 나를 모독했구나!"

일이 이렇게 되자, 기분이 나빠진 카이사르는 키케로에게 앙심을 품고 클로디우스와 손을 잡았으며, 폼페이우스와 키케로의 사이마저 갈라놓았습니다. 게다가 키케로를 공격하기까지 했습니다.

"키케로는 아무 죄도 없는 사람을 사형에 처했다!"

키케로는 카이사르의 공격 때문에 재판을 받게 되었습니다.

"키케로가 어떤 잘못을 저질렀다고 해도 키케로는 로마를 구한 로마의 국부요!"

"옳소! 당파 싸움 때문에 키케로를 잃을 수는 없소!"

로마 원로원은 긴급 회의를 열어 키케로를 구하려고 했지만, 클로디우스가 무장한 군사들을 이끌고 와서 원로원을 포위하는 바람에 키케로를 구하려는 뜻을 이루지 못했습니다.

쫓기는 국부

카이사르의 공격과 클로디우스 일파의 위협을 이기지 못한 키케로는 마침내 로마를 떠나 정처 없이 떠도는 몸이 되었습니다. 키케로가 로마를 빠져나간 것을 알게 된 클로디우스는 미친 듯이 날뛰었습니다.

"키케로에게 음식과 물을 주지 말고 이탈리아에서 800킬로미터 이내에서는 그 누구도 그를 맞아들이지 못한다!"

클로디우스가 무섭게 명령을 했지만, 로마를 떠난 키케로는 가는 곳마다 따뜻한 대접을 받았습니다.

한편, 로마에서는 당파 싸움이 끝없이 계속되었습니다.

"키케로를 돌아오게 하라! 로마에는 키케로가 필요하다."

“이제 키케로만이 로마를 구할 수 있다.”

키케로를 좋아하던 정치가들과 로마 시민들이 나서서 키케로를 로마로 데려오려 했지만 잘 이루어지지 않았습니다.

그러던 가운데 클로디우스가 로마 시민들에게 횡포를 부리다가 폭동 죄로 재판을 받으면서 힘을 잃게 되자, 로마 시민들은 키케로를 로마로 돌아오게 했습니다.

키케로는 망명 생활 1년 4개월 만에 로마 시민들의 열렬한 환영을 받으며 로마로 돌아왔습니다.

키케로는 실리시아 지방의 총독으로 임명되어 공을 세우고, 파르티아와 시리아에서 일어난 반란도 잠재웠습니다.

그 뒤, 로마는 권력 다툼으로 많은 변화를 겪었습니다. 폼페이우스와 카이사르가 죽고, 레피두스, 안토니우스, 옥타비아누스가 서로 정권을 다투고 있었습니다. 그 무렵 키케로는 옥타비아누스의 일을 보살펴 주고 있었습니다.

“우리 셋이 정권을 나눕시다.”

“방해가 되는 인물은 모두 죽여 없앱시다.”

정권을 잡으려는 욕심에 눈이 어두워진 세 정치가는 이렇게 뜻을 모으고, 세 사람이 각각 자신에게 반대하는 사람을 하나씩 죽이기로 했습니다. 레피두스는 친동생인 파울루스를, 안토니우스는 외삼촌인 루키우스를 죽이기로 했습니다. 한편, 옥타비아누스는 키케로를 죽이기로 결정했습니다.

사실 옥타비아누스는 키케로를 죽일 마음이 없었지만, 레피두스와 안토니우스의 반대에 못 이겨 그런 결정을 내렸던 것입니다. 그러나 키케로는 이 소식을 미리 알게 되었습니다. 그는 동생 퀸투스와 함께 다시 로마를 떠났습니다.

키케로를 죽이러 쫓아간 추격대 대장 헤렌니우스가 드디어 키케로의 마차를 붙잡았습니다. 마차에서 내린 키케로는 헤렌니우스를 말없이 쏘아보았습니다. 동생 퀸투스는 추격대 군인들에게 이미 죽임을 당한 뒤였습니다.

'한때 로마를 위기에서 구한 국부를 죽여야 하다니…….'

이런 생각 때문에 헤렌니우스는 키케로를 똑바로 쳐다보지 못했습니다. 이윽고 키케로는 헤렌니우스의 칼에 쓰러졌습니다. 기원전 43년 12월 7일, 키케로의 나이 63세 때였습니다.

그 뒤 옥타비아누스는 함께 정권 다툼을 벌이던 안토니우스를 쓰러뜨린 다음, 키케로의 아들을 로마 최고 지위인 집정관으로 뽑았습니다. 몇 번이나 정권 다툼에 희생되어 로마에서 쫓겨나 끝내 타국에서 죽음을 맞이한 키케로의 명예를 그의 아들에게 되찾게 해 주었던 것입니다.

카이사르

(BC 100～BC 44)

왔노라, 보았노라,
이겼노라!

내 몸값은 50달란트

카이사르의 삼촌인 마리우스는 평민파의 우두머리로서, 로마에 큰 공을 세워 일곱 번이나 집정관으로 선출된 훌륭한 사람이었습니다.

그러나 마리우스가 갑자기 죽게 되자, 로마의 정치는 귀족파의 우두머리인 술라의 손아귀에 넘어갔습니다.

정권을 잡은 술라는 평민파에 속하는 사람들의 명부를 만들어 놓고, 암살과 재산 몰수 같은 갖가지 방법으로 그들을 탄압하기 시작했습니다.

그러던 어느 날, 평민파의 명부를 들여다보던 술라는 카이사르의 이름을 가리키며 이렇게 말했습니다.

“이놈도 죽여야겠다.”

“아직 어린데, 죽이다니요?”

한 부하가 의아해하며 술라에게 되물었습니다. 당시 카이사르의 나이는 겨우 17세였습니다.

“뭐, 어리다고? 카이사르의 머릿속에는 이미 수많은 마리우스가 들어앉아 있다. 너희는 그것을 모른단 말이냐?”

이말을 전해 들은 카이사르는 재빨리 로마를 빠져나와 멀리 소아시아(지금의 튀르키예) 지방으로 배를 타고 떠났습니다. 카이사르는 곧 그곳에 주둔해 있던 로마 군에 입대해 뒷날을 기약하며 5년을 보냈습니다.

카이사르가 22세가 되었을 때, 마침내 로마에서 술라가 죽었다는 전갈이 왔습니다. 그러나 카이사르는 섣불리 행동하지 않았습니다.

‘로마에 돌아가서 내 뜻을 펼치자면 먼저 충분히 준비를 해야 한다.’

그는 먼저 웅변을 배우기로 했습니다. 카이사르는 로도스섬에 있는 유명한 웅변가 아폴로니우스를 찾아 떠났습니다. 그런데 미처 로도스섬에 도착하기도 전에 카이사르는 해적선의 습격을 받아 포로 신세가 되고 말았습니다. 해적들은 카이사르의 몸값으로 20달란트라는 거액의 돈을 요구했습니다.

"뭐라고! 내 목숨이 겨우 20달란트밖에 되지 않는단 말이냐? 내 이름은 카이사르다. 내 몸값으로 50달란트를 주마."

해적들은 카이사르의 대범한 말에 압도당해 그를 볼모로 여기기보다는 손님처럼 대했습니다.

카이사르의 하인이 몸값을 구하러 간 사이에도 그는 볼모의 몸이면서 오히려 해적들을 자신의 부하 다루듯이 했습니다. 해적들이 밤에 술을 먹고 떠들라치면 호통을 쳤고, 때로는 그들을 모아 놓고 연설을 하기도 했습니다. 그러다가는,

"두고 봐라. 내가 머지 않아 너희들을 모조리 잡아 가두고 말 테다!"

하고 큰 소리로 외치기도 했습니다.

드디어 카이사르의 하인이 50달란트를 마련해 와서 그는 자유의 몸이 되었습니다. 해적들의 소굴에서 풀려난 카이사르는 곧바로 인근 밀레투스 항구로 가서 병사들을 모집했습니다. 그리고는 해적들의 소굴로 쳐들어가 그들을 모조리 잡아 감옥에 가두었습니다.

야망을 향한 첫 발자국

원래의 계획대로 로도스섬의 아폴로니우스를 찾아가 웅변 수업을 받은 카이사르는 이윽고 로마로 돌아왔습니다. 술라는 이미 죽었으나 로마의 정치 권력은 여전히 귀족파가 잡고 있었기 때문에, 카이사르는 정치에는 아무런 야심이 없는 사람처럼 태연하게 사교계에 진출했습니다.

카이사르는 힘이 있는 귀족과 부자, 정치가들과 사귀면서 장래를 위한 기틀을 차분히 다져 나갔습니다. 그러면서 마음속으로는 커다란 야망을 키워 가고 있었습니다.

'나는 로마의 제1인자가 되고 말겠다. 내 힘으로 귀족파를 물리치고 평민파가 정권을 잡도록 해야지.'

그런 카이사르의 야심을 짐작한 이는 오직 한 사람, 로마의 철학자이자 역사가이며 뒷날 집정관에까지 오른 키케로뿐이었습니다.

평민파의 우두머리였던 마리우스와 그의 아내가 세상을 떠나자, 카이사르는 대담하게도 마리우스의 초상화를 들고 장례식에 나가 추도 연설을 했습니다. 귀족파가 정권을 잡고 있는 상황에서 마리우스의 초상화를 들고 나타난다는 것은 대단한 모험이었습니다. 그러나 카이사르는 그러한 모험을 직접 실행했던 것입니다.

카이사르의 연설은 어느새 귀족파를 비판하고 평민파와 죽은 마리우스를 찬양하는 연설로 바뀌었습니다. 그동안 귀족파의 탄압에 억눌려 있던 청중들은 흥분하기 시작했고, 로마 거리는 온통 청중들의 박수 소리로 가득 찼습니다. 더러는 카이사르의 연설에 감동해 눈물을 흘리기까지 했습니다.

"보아라! 카이사르의 늠름한 모습을! 마치 마리우스가 다시 살아난 것 같지 않느냐?"

이렇게 해서 로마 시민들의 지지를 얻게 된 카이사르는 곧이어 실시된 대제관(신전의 땅을 관리하고 제사를 돌보는 우두머리) 선거에 평민파 후보로 나섰습니다.

　대제관이라는 영광스러운 자리에 걸맞게 귀족파에서는 유명한 정치가 카툴루스가 입후보했습니다.

　어느 날이었습니다. 카툴루스가 카이사르를 찾아와서 이렇게 말했습니다.

　"카이사르! 돈은 얼마든지 줄 테니 대제관 입후보에서 사퇴해 주시오."

　그러나 카이사르는 카툴루스를 놀렸습니다.

　"돈이라면 좋소. 그 돈을 당장 주시오. 내 선거 자금으로 써야겠소."

　마침내 투표날이 되었습니다. 카이사르는 대문까지 따라나와 눈물로 배웅하는 어머니에게, "모든 것은 운명에 달려 있을 뿐."이라고 말하고 태연하게 투표장으로 향했습니다. 투표 결과, 카이사르가 카툴루스를 누르고 대제관이 되었습니다. 평민파의 승리였습니다.

　"평민파가 이겼다!"

　"제2의 마리우스가 나타났다."

　"카이사르 만세!"

　로마 시민들은 저마다 환호성을 지르며 평민파와 카이사르의 승리를 축하해 주었습니다.

대제관으로 뽑힌 카이사르는 먼저 민심을 수습하려 했습니다. 그는 시민들을 위해 큰 잔치를 베풀고, 많은 돈을 들여 검투사들의 무술 경기를 열었습니다.

대제관의 임기가 끝나자, 카이사르는 에스파냐 총독으로 임명되었습니다. 그러나 대제관으로 지내는 동안 1,200달란트라는 큰 빚을 졌기 때문에 에스파냐로 떠날 수가 없었습니다. 그는 하는 수 없이 로마 제일의 부자인 크라수스를 찾아갔습니다.

크라수스는 자신의 경쟁자인 폼페이우스와 맞설 수 있는 사람은 카이사르밖에 없다고 판단했습니다. 그래서 그를 자기 편으로 끌어들이려고 기꺼이 돈을 빌려주었습니다.

카이사르가 에스파냐 총독으로 부임하기 위해 알프스산 아래에 있는 작은 마을을 지나갈 때의 일입니다. 카이사르를 수행하고 있던 병사 한 사람이 갑자기 큰 소리로 말했습니다.

"이런 작은 마을에서 촌장 자리를 놓고 다투는 사람도 있을까?"

병사의 말을 들은 카이사르는 이렇게 말했습니다.

"나라면 로마에서 둘째 가는 사람이 되기보다는 이런 작은 마을에서라도 첫째 가는 사람이 되겠다."

카이사르의 생각은 늘 첫째 가는 인물이 되는 것이었습니다. 에스파냐 총독으로 있는 동안 카이사르의 야망은 더욱 커져, 알렉산드로스 대왕의 전기를 읽고 눈물을 흘릴 정도였습니다. 이를 궁금하게 여긴 부하가 그 까닭을 묻자, 카이사르는 서슴없이 대답했습니다.

"알렉산드로스는 서른두 살에 벌써 세계를 정복했다. 그런데 나는 마흔 살이 되어서도 아무것도 이루어 놓은 게 없으니 어찌 슬프지 않겠느냐."

카이사르는 에스파냐에 있으면서 주변 약소국들을 점령해 영토를 넓히고, 개선장군으로 로마에 돌아왔습니다.

세 영웅이 손을 잡다

카이사르의 야심은 집정관이 되는 것이었습니다. 그러자면 사이가 나쁜 폼페이우스와 크라수스를 화해시켜 손을 잡게 해야 한다고 생각했습니다.

폼페이우스는 큰 공을 세우고 로마로 돌아왔지만, 원로원이 이를 인정해 주지 않아 불평불만이 대단했습니다.

카이사르는 나이 많은 폼페이우스에게 자기 딸을 시집 보내면서, 자기를 집정관이 되도록 밀어 준다면 원로원에서 거부한 폼페이우스의 공적을 인정받게 해 주겠다고 말했습니다. 또한 크라수스를 찾아가서는 폼페이우스와 손을 잡는 것이 여러 모로 유리하다고 말하고는, 집정관이 되도록 도와주면 소아시아에서 큰 돈을 벌 수 있게 해 주겠다고 약속했습니다.

이렇게 해서 카이사르는 어렵지 않게 집정관으로 선출되었습니다. 집정관이 된 카이사르는 먼저 크라수스와의 약속을 지켰습니다. 그런 다음 '식민지 법안'과 '토지·곡물 분배 법안'을 원로원에 제출했습니다. 이 법안만 통과되면 시민들에게 커다란 호응을 얻을 수 있을 것이기 때문이었습니다.

그러나 원로원에서는 이를 반대했습니다. 물론 이 모든 것을 카이사르는 예상했습니다.

"그렇다면 로마 시민들에게 직접 물어봅시다."

카이사르는 곧장 광장으로 달려갔습니다.

"로마 시민 여러분! 원로원에서는 '토지 분배법'을 반대했습니다. 여러분은 이 법안에 찬성하십니까? 아니면 반대하십니까?"

"찬성이오, 대찬성이오!"

시민들 사이에서 우렁찬 함성이 터져 나왔습니다. 카이사르는 이 기회를 놓치지 않고 시민들을 향해 거듭 말했습니다.

"좋습니다! 그렇다면 여러분은 만일 위태로운 상황이 생길 경우 칼을 뽑아 나를 도와줄 수 있겠습니까?"

"물론이오. 우리 모두 칼을 뽑아 카이사르를 돕겠소!"

"카이사르의 뜻을 따르겠소."

그러자 카이사르 옆에서 이를 지켜보고 있던 크라수스와 폼페이우스도 한 마디씩 거들었습니다.

"나는 칼과 방패로써 기꺼이 카이사르를 돕겠소."

"나도 돕겠소."

이렇게 해서 이들 세 사람이 로마의 정치를 이끌어 나가게 되었습니다.

이를 흔히 '제1차 삼두 정치'라고 부릅니다. 삼두 정치란 세 명의 실력자가 뜻을 모아 국가의 권력을 독점하는 정치 형태를 뜻합니다.

이렇게 첫 번째 야망을 성취한 카이사르는 폼페이우스나 크라수스보다 자신의 공적이 뒤떨어진다는 사실을 잘 알고 있었습니다. 그렇기 때문에 두 번째 야망을 펼치기 위해 집정관의 임기가 끝나는 대로 갈리아 지방(지금의 프랑스)의 총독으로 가겠다고 자원을 했습니다. 그리고 곧 임명을 받았습니다.

대원정의 길

 카이사르는 알렉산드로스나 한니발처럼 애초부터 군인은 아니었으나 그들 못지 않게 훌륭한 명장이었습니다. 카이사르가 갈리아 지방 원정에 나선 것이 얼마나 대단한 일인지는 당시 그곳의 상황을 생각해 보면 쉽게 짐작할 수 있습니다.

 갈리아 지방은 지형상 싸움을 펼치기가 매우 어려운데다 정복해야 할 땅도 엄청나게 넓었습니다. 더욱이 카이사르는 포로들에게 인정이 많았으며, 부하들을 끔찍이 사랑했습니다. 그렇지만 갈리아 총독이 된 카이사르는 군사를 일으켜 주변 나라들을 하나하나 굴복시켜 나가기 시작했습니다.

 카이사르는 이 원정을 통해 무려 800여 개의 도시를 함락시켰으며, 300여 개에 이르는 부족들을 정복했습니다. 또한 300만 명이 넘는 적들과 싸워 그중 100만 명은 사살하고, 100만 명은 생포하는 개가를 올렸습니다. 이는 알렉산드로스 대왕이나 한니발과 맞먹을 정도로 큰 성과였습니다.

카이사르는 정복한 나라의 주민들을 잘 다스렸으며, 그들에게 로마의 문명을 전파하기도 했습니다. 그러나 카이사르가 무엇보다 뛰어난 점은, 부하들을 다스리는 통솔력이었습니다. 아무리 나약한 병사일지라도 일단 카이사르의 부하가 되면 용감한 병사로 바뀌었습니다.

카이사르가 부하들을 깊이 사랑했기 때문에 병사들 또한 그의 명령이라면 어떤 위험도 겁내지 않고 힘껏 싸웠습니다.

마실리아(지금의 프랑스 마르세유 항구) 해전에서 있었던 일입니다. 카이사르의 부하인 아킬레우스는 적의 배 위에서 싸우다 그만 오른팔을 잃고 말았습니다. 그러나 그는 왼손으로 방패를 잡고 배 위에 있는 적들을 모두 바닷속으로 쓸어 넣었습니다.

브리타니아(지금의 영국) 전투에서 선발대로 떠난 카이사르 군이 길을 잘못 들어 늪에 빠졌을 때에도 한 병사가 위험을 무릅쓰고 나섰습니다. 그 병사는 기습해 오는 적들을 혼자서 모조리 물리치고 늪 속으로 뛰어들어 병사들을 구출해 냈습니다. 그러나 자신은 늪 속에 빠져 방패를 버릴 수밖에 없었습니다.

그는 카이사르 앞에 엎드려 군인으로서 방패를 잃은 용서를 빌었습니다. 카이사르는 그를 벌하지 않고 크게 칭찬해 주었습니다. 이는 카이사르가 부하들에게 자신의 위험을 돌보지 않고 모범을 보여 온 결과였습니다.

카이사르는 항상 명예를 소중히 여겼으며, 틈만 나면 병사들에게 용기를 북돋워 주었습니다. 그러나 싸움에 나갔다가 후퇴하는 병사를 발견하면 호되게 꾸짖었습니다.

"이놈! 적은 저쪽에 있다. 적과 용감하게 싸우다 죽겠느냐, 아니면 내 칼을 받겠느냐?"

또한 카이사르는 전리품들을 아낌없이 부하들에게 나누어 주었습니다. 카이사르는 원정 중에 병을 앓고 있어도 부하들에게 내색하는 법이 없었고, 오히려 몸이 약하다고 게으름피우는 일을 스스로 경계했습니다.

"내 병을 고치는 방법은 오직 하나, 전쟁을 계속 하는 것뿐이다."

이렇게 말하면서 쉬지 않고 행군을 강행했던 것입니다.

그러던 어느 날, 카이사르 군대는 행군 도중에 심한 폭풍우를 만났습니다. 근처에는 한 사람이 겨우 들어갈 수 있는 작은 오두

막 한 채가 있었습니다. 카이사르는 총사령관이었고 투병 중이었으나, 병에 걸린 부하를 그 오두막에 눕히고 자신은 다른 병사들과 함께 비를 맞으며 밤을 새웠습니다.

병사들은 그런 카이사르의 행동에 감동해 그를 더욱 존경하게 되었습니다.

"위험한 전선에는 항상 지휘자가 함께해야 한다."

이것이 바로 카이사르의 신념이었습니다. 카이사르는 앞장서서 이 말을 실천했고, 어려움과 기쁨을 부하들과 함께 나누며 전쟁을 수행했습니다.

그는 식사 같은 것에는 전혀 신경을 쓰지 않았으며, 자신의 야망을 실현하기 위해 스스로를 희생시킬 줄도 알았습니다.

카이사르가 원정에 나서 최초로 정복한 민족은 갈리아인이었습니다. 갈리아 민족은 12개 도시와 400여 개의 마을을 불태우면서도 끝까지 저항을 멈추지 않았습니다.

어떤 때에는 갈리아 군들이 갑자기 공격을 하기도 했습니다. 그러면 카이사르는 미처 말에 오를 겨를도 없이 그들과 맞서 싸웠습니다. 이를 본 병사 한 사람이 말을 끌고 와서 카이사르에게 탈 것을 권유했습니다. 그러나 카이사르는 이렇게 말했습니다.

"잠시 기다려라. 지금은 오직 싸울 때지, 말을 탈 때가 아니다.

그 말은 적을 추격할 때 타도록 하자.”

그러고는 선두에 서서 ‘돌격’을 명령했습니다.

로마 병사들은 그것을 보고 용기백배, 사기충천해서 갈리아 군을 무찌르고 승리를 거둘 수 있었습니다.

갈리아 지방을 정복한 카이사르는 승자답게 갈리아인 포로들을 고향으로 돌려보냈으며, 불타 버린 마을을 재건하는 데에도 힘을 썼습니다.

카이사르의 두 번째 싸움 상대자는 게르만(지금의 독일) 민족이었습니다. 게르만 민족은 카이사르 군대에 대항해 용감하게 싸웠으나, 그들을 이겨 내기에는 역부족이었습니다. 결국 게르만 군은 크게 패한 뒤 레누스강(지금의 라인강) 건너 깊은 산속으로 도망치고 말았습니다.

싸움이 벌어졌던 전쟁터에는 전리품이 산더미처럼 쌓였고, 적군의 시체는 무려 8만을 헤아렸습니다.

전세가 카이사르 군대에 유리한 쪽으로 진행되자, 인근에 살던 네르비 민족(지금의 네덜란드 민족)도 안심하고 있을 수만은 없었습니다. 그래서 네르비 민족은 산속 깊이 들어가 병사들을 훈련시킨 다음, 6만의 대군으로 카이사르 군을 습격했습니다.

뜻밖의 습격을 받은 로마 군은 두 명의 장수를 비롯해 많은 전사자를 내고 쓰라린 참패를 경험했습니다.

예기치 못한 공격을 당한 로마 병사들이 우왕좌왕하는 것을 보고 카이사르는 크게 외쳤습니다.

"방어만 하지 말고 공격하라!"

그리고 칼을 휘두르며 적진을 향해 달려갔습니다.

최선의 공격이 최선의 방어라는 말은 바로 이를 두고 하는 말일 것입니다. 전세는 완전히 역전되어 네르비 군은 거의 쓰러지고 말았습니다. 6만 명의 병사들 중에서 겨우 500여 명이 목숨을 건졌고, 400여 명의 장수들 중에서 단 3명만이 살아남았을 뿐이니까요.

대승리의 소식이 로마에 전해지자, 원로원은 15일 동안을 축제일로 선포했습니다. 날마다 신에게 제사를 지내고 로마 시민들이 마음껏 즐길 수 있도록 큰 잔치를 베풀며 승리를 자축했던 것입니다.

갈리아를 정복하다

그러나 한편으로 카이사르의 공로를 시기하는 비난의 목소리도 들려왔습니다. 카이사르는 그가 머물고 있던 포강 부근으로 폼페이우스와 크라수스를 비롯한 로마의 명사와 원로원 의원 등 300여 명을 초대해 극진하게 대접했습니다.

갈리아 지방에서 카이사르가 제멋대로 한다는 비난을 막으려고 그가 선수를 친 것입니다. 카이사르는 이 자리에서 갈리아 총독 임기를 5년 더 연장해 줄 것을 건의했습니다. 그리고 폼페이우스를 에스파냐 총독으로, 크라수스를 시리아 총독으로 각각 추천했습니다. 이렇게 해서 다시금 세 사람의 '삼두 정치 시대'가 열렸습니다.

　카이사르는 갈리아의 총지휘자로 계속 진격을 해 나갔습니다. 그는 바다 건너 브리타니아까지 정복하기에 이르렀습니다. 당시만 해도 브리타니아섬은 잘 알려지지 않았는데, 카이사르는 두 번이나 그 섬을 정복함으로써 뒷날 로마가 세계를 지배하는 기반을 만들었습니다.

　카이사르가 브리타니아를 정복하고 갈리아로 돌아오자, 슬픈 소식이 기다리고 있었습니다. 폼페이우스에게 시집 갔던 딸 줄리아가 아기를 낳다가 죽었다는 불행한 소식이었습니다.

　"이제 폼페이우스와의 관계가 끊어졌으니 두 사람 사이가 무너질까 두렵구나."

　카이사르는 딸 줄리아의 죽음을 심각하게 받아들였습니다. 거기다가 갈리아인들이 끊임없이 반란을 일으켰으므로 카이사르는 한시도 편안하게 쉴 수가 없었습니다.

　카이사르는 싸움을 계속 하면서도 로마의 정치 상황을 주의 깊게 살폈습니다. 그는 자기 도움으로 벼슬을 얻은 사람들을 통해 로마에 관한 각종 정보를 수집하는 한편, 겨울에는 이탈리아로 가서 직접 로마에 연락을 취했습니다.

　카이사르는 전쟁에서 얻은 수많은 전리품들을 로마로 보내 시민들의 환심을 사 두는 일 또한 잊지 않았습니다.

　그러던 어느 해 겨울, 동북쪽의 갈리아인들이 큰 반란을 일으켰습니다. 카이사르가 이끄는 로마 군은 질풍처럼 싸움터로 달려갔습니다. 불의의 습격을 받은 갈리아인들은 알레시아(중부 프랑스) 성으로 쫓겨갔습니다. 카이사르는 즉각 성을 포위했으나, 무려 17만 명의 대군이 성문을 굳게 닫고 죽기를 각오하며 저항을 포기하지 않았습니다. 더욱이 성이 무척 튼튼했기 때문에 싸움은 오래 지속되었습니다.

　바로 이때, 각지에 흩어져 있던 30만 명의 갈리아 군이 알레시아 성을 지원하러 몰려들었습니다. 앞에는 튼튼한 성과 17만의 적병, 그리고 뒤에는 30만의 적병이 버티고 있으니 참으로 진퇴양난이 아닐 수 없었습니다. 그러나 카이사르는 전쟁의 명수였습니다. 그는 재빨리 작전을 바꾸어 병사들에게 지원군을 공격하라고 명령했습니다. 미처 대열을 정비하지 못한 지원군은 손을 써 볼 겨를도 없이 대패하고 뿔뿔이 흩어졌습니다. 지원군을 물리친 카이사르는 그 여세를 몰아 알레시아성을 공격할 것을 명령했습니다. 알레시아성의 적군들은 화살을 빗발처럼 쏘아 대며 저항했으나, 좀처럼 물러설 줄 모르는 카이사르 군대를 당해 낼 수는 없었습니다. 이 싸움의 패배로 갈리아는 완전히 굴복하게 되었습니다.

주사위는 던져졌다

한편, 카이사르가 알레시아성 전투에 참가하고 있는 동안 크라수스는 다른 전투에 참가했다가 전사하고 말았습니다. 이로써 로마에는 폼페이우스만 남게 되었습니다.

그는 로마의 정권을 거머쥐고 제 마음대로 흔들었습니다. 게다가 원로원에 압력을 가해 자기를 단독 집정관으로 임명하도록 하고, 에스파냐와 아프리카 총독의 임기도 연장하도록 했습니다.

갈리아에서 이 소식을 들은 카이사르는 부하를 원로원으로 보내 항의를 했습니다.

"폼페이우스가 집정관이 되는 데 대해 나는 그 어떤 이의도 없다. 그렇다면 나도 당연히 집정관이 되어야 한다. 또한 그의 총독 임기를 연장시켰다면 나의 갈리아 총독 임기도 연장해 주는 것이 마땅하지 않은가?"

카이사르의 요구는 정당했습니다. 그러나 폼페이우스에게 겁을 먹고 있던 원로원 의원들은 카이사르의 요구를 거절했습니다.

"정당한 요구를 거절한다면 이 칼이 해결할 수밖에!"

카이사르는 자신의 칼을 만지며 단호하게 말했습니다.

그런데 갈리아에서 카이사르가 돌아오기 전에 권력을 확고히 해 두고 싶었던 폼페이우스는 원로원에 명령을 내렸습니다.

카이사르는 군대를 해산하고 로마로 돌아오라.

원로원이 카이사르에게 편지를 보낸 것이었습니다. 원로원이 보낸 편지를 받은 카이사르는 답장을 보냈습니다.

로마가 원한다면 기꺼이 군대를 해산시키고 평범한 시민으로 돌아가겠소. 그렇지만 폼페이우스도 그렇게 하도록 하시오. 두 사람이 모두 평범한 로마 시민이 된 뒤에 우리의 공로에 대한 보상은 국가에서 따로 처리해 주기 바라오.

그러나 카이사르의 요구는 거절되었습니다. 폼페이우스가 모두 거절했던 것이었습니다.

폼페이우스는 원로원 의원들을 부추겨 카이사르에게 다시 편지를 쓰도록 했습니다.

만일 원로원이 정한 날짜까지 군대를 해산하지 않는다면 카이사르를 국가 반역자로 규정할 것이다.

이 같은 내용의 편지를 받은 카이사르는 마침내 마음을 굳혔습니다. 카이사르와 생사고락을 함께해 온 병사들도 참지 못하고 울분을 터뜨렸습니다.

"좋다. 이렇게 된 이상 폼페이우스와 싸워 이기는 수밖에!"

드디어 카이사르가 기다리던 때가 왔습니다. 북부 이탈리아에 머물러 있던 카이사르는 여느 때처럼 몇몇 손님들을 초대해 검투사들의 경기를 보고 있었습니다. 해가 지고 주변이 어둑어둑해지자, 카이사르는 슬그머니 자리에서 일어났습니다.

"실례하겠습니다. 잠시 다녀올 곳이 있으니 천천히 드시며 즐기시기 바랍니다."

카이사르는 밖으로 빠져나와 미리 준비해 놓은 말을 타고 남쪽을 향해 쏜살같이 달렸습니다. 이탈리아와 갈리아의 국경인 루비콘 강가에는 이미 카이사르의 명령에 따라 그의 부하들이 기다리고 있었습니다.

카이사르는 강가에 도착해 잠시 동안 깊은 생각에 잠겼습니다.

만일 카이사르가 군대를 이끌고 이 강을 건넌다면 그는 로마의 역적이 되고, 건너지 않는다면 십중팔구 폼페이우스의 덫에 걸려 죽음을 면치 못할 것이기 때문이었습니다. 얼마 동안 시간이 흐른 뒤, 카이사르는 부하들을 향해 외쳤습니다.

"주사위는 이미 던져졌다!"

그러고는 말고삐를 힘차게 잡아당겨 강으로 뛰어들었습니다. 카이사르의 용맹스러운 부하들도 일제히 함성을 지르며 그의 뒤를 따라 강을 건넜습니다.

카이사르가 루비콘강을 건너 쳐들어온다는 소식이 전해지자, 로마는 순식간에 혼란에 빠졌습니다. 시민들은 어찌할 바를 몰라 갈팡질팡했으며, 원로원 의원들과 평소 폼페이우스를 두둔하던 사람들은 기습 공격에 넋을 잃고 모두 도망쳐 버렸습니다.

당황한 폼페이우스도 자기 병사들이 머물러 있는 에스파냐로 가려고 발칸 반도로 달아났습니다.

카이사르는 단 한 방울의 피도 흘리지 않고 로마에 당당하게 입성해, 몇 달 안에 로마를 손아귀에 넣었습니다. 뿐만 아니라 재빨리 군사를 보내 에스파냐에 있던 폼페이우스의 병사들을 없애 버림으로써 폼페이우스를 발칸 반도에 고립시켰습니다.

폼페이우스를 쫓아서

카이사르는 나라 밖으로 도망친 사람들을 불러들여 그들의 허물을 따지지 않고 관대하게 대우했습니다. 또한 곡식 창고를 열어 병사들에게 밀린 급료를 주고, 빚 때문에 고생하는 시민들에게 이자를 면제해 주는 법령을 제정해 시행했습니다. 피난을 갔던 시민들은 안심하고 돌아왔습니다.

원로원에서는 카이사르를 독재관에 임명해 로마와 로마가 점령한 지역의 독점 군사권을 주었습니다. 카이사르는 마침내 폼페이우스를 치기 위해 군사를 일으켰습니다.

카이사르가 군대를 움직이는 데 필요한 막대한 군자금을 찾으려고 국고에 갔을 때, 젊은 호민관은 법률상의 절차를 밟지 않았다는 이유로 군자금을 내주지 않았습니다. 그때 카이사르는 젊은 호민관에게 이렇게 말했습니다.

"지금 로마는 법률이 지배하는 것이 아니고, 바로 내가 지배하고 있다."

1월 초순의 극심한 추위 속에서 행군을 강행하다 보니, 카이사르의 군사들 사이에서 불평이 터져 나왔습니다. 그러나 병사들보다 오히려 카이사르의 마음고생이 훨씬 더 심했습니다.

카이사르는 수송선 부족으로 본대가 도착하지 못하자, 이탈리아로 가서 직접 수송선을 끌고 오기로 결심했습니다. 그는 노예의 모습으로 변장을 하고서, 이탈리아로 가는 작은 배 안에 몸을 숨겼습니다.

그런데 배가 바다 한가운데로 나가자, 갑자기 날씨가 흐려지면서 파도가 사납게 몰아쳤습니다. 파도는 나뭇잎 같은 배를 금방이라도 뒤집어 버릴 것 같은 기세로 달려들었습니다. 당황한 뱃사공이 목청을 높여 소리쳤습니다.

"이대로는 도저히 안 되겠습니다. 일단 돌아갑시다."

그러나 카이사르는 태연하게 말했습니다.

"이 사람아! 용기를 잃지 말게나. 이 배는 카이사르를 태우고 있단 말일세. 행운의 신이 카이사르와 함께할 테니 너무 걱정하

지 말게.”

　뱃사공은 당대에 명성을 떨치고 있던 영웅의 의연한 표정을 확인하고는 이내 마음을 가라앉혔습니다. 그는 폭풍우도 잊은 채 있는 힘을 다해 배를 저어 나아갔습니다. 그러나 작은 배로 엄청난 폭풍우를 뚫고 나아갈 수는 없었습니다.

　카이사르가 도중에 포기하고 되돌아오자, 병사들은 입을 모아 이렇게 말했습니다.

“장군님! 어찌 저희들을 믿지 못하십니까? 저희들만으로도 싸우기에는 충분하지 않습니까?”

카이사르는 병사들의 말에 감동해서 눈물을 흘렸습니다.

며칠 뒤, 그토록 기다리던 본대를 이끌고 안토니우스가 바다를 건너왔습니다. 이렇게 해서 카이사르는 그리스의 중부 평원에서 폼페이우스의 군대와 최후의 일전을 벌이게 되었습니다.

폼페이우스의 군대는 카이사르의 군대보다 수적으로 우세했습니다. 특히 폼페이우스가 자랑하는 7,000명의 기병이 있었습니다. 그러나 카이사르는 폼페이우스의 기병에 대한 정보를 파악해 놓고 있었기 때문에 그에 대항할 수 있는 전술 또한 생각해 두었습니다.

그들 대부분이 도시에서 자란 청년들로, 겁이 많고 사치스럽다는 약점이 있었던 것입니다.

“적들이 가까이 다가올 때까지는 창을 던지지 마라. 근처까지 다가오면 몸뚱이가 아닌 얼굴을 향해 창을 던져라.”

드디어 싸움이 시작되었고, 카이사르의 작전은 적중했습니다. 폼페이우스의 기병들은 얼굴에 상처라도 날까 봐 기겁을 하며 도망을 쳤던 것입니다.

카이사르는 기회를 놓치지 않고 모든 군사들에게 진격 명령을 내렸습니다. 폼페이우스 군대는 제대로 싸워 보지도 못하고 무너졌습니다. 그런데 싸움의 당사자인 폼페이우스는 자기만 살겠다고 장군복을 벗어던지고 사병 차림으로 변장을 한 채 달아나 버렸습니다.

싸움이 끝난 전쟁터는 눈 뜨고 볼 수 없을 만큼 처참했습니다.

"가엾구나! 그러나 너희들을 이렇게 만든 것은 내가 아니고 폼페이우스다. 만일 폼페이우스의 말대로 내가 군대를 해산했더라면 지금쯤 너희들처럼 되고 말았을 것이다."

카이사르는 피투성이가 되어 쓰러진 수많은 병사들을 내려다보며 이렇게 말하고는 이내 눈길을 돌렸습니다.

카이사르는 이번에도 포로들에게 관대했습니다. 병사들은 자기 군대에 귀속시켰으며, 장군은 로마로 돌려보냈습니다. 그중에는 뒷날 카이사르를 암살하는 브루투스도 있었습니다.

카이사르는 싸움이 끝난 직후 친구에게 이렇게 편지를 써 보냈습니다.

이번 승리에서 가장 기뻤던 일은 나에게 대항했던 수많은 생명들을 구해낼 수 있었던 일이다.

폼페이우스의 최후

　한편, 폼페이우스는 변장을 하고 몰래 이집트로 건너갔습니다. 그가 이집트 총독으로 있었을 때 내란을 평정해 준 일이 있었기 때문에, 이집트 왕이 힘을 빌려주리라 믿었던 것입니다. 그렇게 되면 폼페이우스는 카이사르와 다시 맞서 볼 생각이었으나 이집트 정부로서는 망설이지 않을 수 없었습니다.

　폼페이우스를 도와주면 카이사르의 적이 될 것이 뻔했고, 그의 청을 거절하자니 보복이 두려웠던 것입니다. 이집트 정부는 이 문제를 놓고 회의를 열었습니다. 이때 한 대신이 일어나 과감하게 말했습니다.

　"폼페이우스는 이미 죽은 자나 다름없습니다. 죽은 개는 사람을 물지 못합니다."

폼페이우스가 59세가 되는 생일이었습니다. 한때 로마를 쥐고 흔들던 폼페이우스는 이집트 군사들에게 비참하게 살해되고 말았습니다. 폼페이우스를 살해한 이집트 군사들은 그의 목을 자르고 몸뚱이는 바다에 던졌습니다.

폼페이우스를 쫓아 알렉산드리아에 도착한 카이사르는 곧장 이집트의 궁으로 들어섰습니다.

그러나 이집트의 관리가 폼페이우스의 목을 가지고 나와 카이사르에게 바쳤습니다. 카이사르가 고개를 돌리자, 다른 관리가 나와 폼페이우스의 반지를 카이사르에게 바쳤습니다. 비참하게 죽은 한 영웅의 최후를 보는 순간, 카이사르의 눈에는 눈물이 맺혔습니다.

카이사르는 죽은 폼페이우스를 용서하고, 알렉산드리아 교외에 커다란 대리석 기념비를 세워 주었습니다.

클레오파트라를 만나다

당시 이집트에서는 국왕이 죽은 뒤, 프톨레마이오스 왕자와 그의 누이 클레오파트라 공주가 왕권을 놓고 다투고 있었습니다.

클레오파트라는 한 가지 꾀를 생각해 냈습니다. 바로 카이사르의 막강한 힘을 이용하는 것이었습니다. 클레오파트라는 융단으로 자신의 몸을 싸서 스스로 상자 속에 들어간 다음, 그것을 카이사르에게 보내도록 했습니다.

카이사르가 상자를 묶어 놓은 끈을 풀자, 그 안에서 아름다운 여자가 나왔습니다.

카이사르가 깜짝 놀라며 물었습니다.

"도대체 당신은 누구요? 무엇 때문에 이런 방법으로 이곳에 온 것이오?”

“이집트의 공주 클레오파트라라고 합니다. 장군님! 저를 좀 도
와주십시오.”

‘어쩌면 이토록 아름답고, 또 어쩌면 이렇게 대범할 수 있을
까?’

카이사르는 클레오파트라의 미모와 대담함에 그만 마음을 빼
앗기고 말았습니다. 그래서 그녀가 왕위에 오를 수 있도록 적극
적으로 도와주었습니다.

그러자 프톨레마이오스가 카이사르에게 불만을 품게 되었습니
다. 프톨레마이오스는 자신을 따르는 몇몇 대신들과 음모를 꾸
며 카이사르를 죽이려고 했습니다.

이집트에 와 있던 카이사르의 부하들은 겨우 몇백 명에 지나지
않았습니다. 그러나 프톨레마이오스가 이끄는 병사들은 엄청난
대군이었습니다. 이 때문에 카이사르는 목숨을 잃을 뻔한 위험
한 고비를 여러 차례 넘겨야 했습니다. 카이사르를 도우러 원군
이 이집트에 도착했을 때는 이미 반 년이라는 시간이 흐른 뒤였
기 때문입니다.

왔노라, 보았노라, 이겼노라!

카이사르의 원군이 왕궁에 도착하자, 전세는 순식간에 역전되었습니다. 이번에는 프톨레마이오스가 쫓기는 신세가 되었습니다. 카이사르는 나일강 전투에서 프톨레마이오스와 그의 부하 아킬루스 장군을 포함한 많은 군사들을 사살하고, 비로소 이집트를 평정했습니다. 물론 카이사르는 그의 계획대로 클레오파트라 공주를 왕위에 앉혔습니다.

그 무렵 시리아 지방에서 반란이 일어났습니다. 이집트를 평정한 카이사르는 지체하지 않고 군대를 몰아 순식간에 반란군을 진압하고, 소아시아 지방 일대를 모두 정복했습니다. 불과 5일 만의 일이었습니다.

카이사르는 이 싸움의 승전보를 곧바로 로마 원로원에 보냈습니다. 오늘날까지도 유명한 "왔노라, 보았노라, 이겼노라!"가 바로 그것입니다. 카이사르는 빛나는 무공을 세우고 당당하게 로마로 들어섰습니다. 로마 거리는 카이사르를 환영하는 시민들로 들끓었으며, 원로원에서는 그를 다시 두 번째 독재관으로 추대했습니다.

그러나 카이사르의 로마 생활은 그를 편안하게 쉬도록 내버려 두지 않았습니다. 폼페이우스의 옛 부하인 카토와 그의 장인인 스키피오가 카이사르를 쓰러뜨리려고 아프리카에서 군사를 모으고 있었던 것입니다.

카이사르는 다시 군사를 일으켜 멀리 아프리카로 향했습니다. 여러 번 싸움을 거듭한 끝에 카이사르는 탑소스 전투에서 스키피오를 비롯한 적의 장수들을 무찌르고 크게 승리했습니다. 카이사르는 그 기세를 몰아 에스파냐로 진격했습니다. 그러고는 반란을 계획하고 있던 폼페이우스의 두 아들과도 싸워 이겼습니다.

마침내 카이사르의 싸움은 모두 끝났습니다. 이제 로마는 유럽, 아시아, 아프리카 3대륙을 거느린 거대한 나라가 되었습니다.

독재자가 되다

로마에서는 카이사르를 단연 최고의 인물로 받들었습니다. 원로원은 그를 종신 독재관으로 선출했고, 로마 여기저기에 카이사르의 동상이 세워졌으며, 화폐에도 그의 얼굴이 새겨졌습니다. 권력을 거머쥔 카이사르는 정치가로서도 탁월한 능력을 발휘했습니다. 그는 전쟁으로 황폐해진 로마를 일으켜 세우기 위해 달력을 고치고 법률을 정비하는 한편, 식민지에 8만여 명의 관리와 군사들을 파견했습니다.

또한 카이사르는 노예의 수를 줄이고, 시민들에게 더 많은 일을 하게 했으며, 이탈리아 안팎의 여러 주와 식민지에까지 시민권을 확대했습니다. 카이사르는 도시 규모에 맞는 의사당을 짓고, 간척 사업을 하는 등 이상적인 도시 계획안을 마련해 로마를 '영원한 도시'로 만들려고 애를 썼습니다. 카이사르는 쓰러진 폼페이우스의 동상을 새로 세움으로써 시민들에게 더욱더 칭송을 받았습니다.

로마 시민들 사이에서 카이사르는 그야말로 신과 같은 존재였으나, 그는 여기에 만족하지 않고 황제가 되기를 꿈꾸었습니다. 공화국 로마에서는 황제란 있을 수 없으므로, 황제가 되려면 로마 전체를 왕국 체제로 바꾸지 않으면 안 되었습니다. 그런데 그것은 자유와 평화를 중요하게 여기는 시민들에게 용납될 수 없는 일이었습니다.

카이사르는 자신의 욕망 때문에 무척 괴로워했습니다. 어느 날, 카이사르가 엘바산 축제를 마치고 산에서 내려올 때 시민 가운데 한 사람이 이렇게 외쳤습니다.

"카이사르 황제 만세!"

그러자 다른 시민들의 입에서 불만의 소리가 하나둘 터져 나왔습니다. 그것을 지켜보고 있던 카이사르는 재빨리 이렇게 말했습니다.

"나는 황제가 아니오. 카이사르일 뿐이오."

이말을 들은 로마 시민들은 박수를 치며 카이사르에게 환호를

보냈습니다.

"카이사르는 옛날의 루키우스(로마 왕정을 뒤엎고 공화정을 실시한 사람)와 같이 훌륭하구나!"

그러던 중 로마의 여러 곳에 있던 카이사르의 동상에 왕관이 씌워져 있는 사건이 발생했습니다. 그 사건을 전해 들은 호민관은 동상의 왕관을 벗겨 버렸습니다. 그리고 카이사르 동상 앞에서 그가 왕이 되면 로마가 번영할 것이라고 말한 사람을 잡아 감옥에 가두었습니다.

어떻게 해서든지 황제가 되고 싶었던 카이사르는 그 호민관을 파면시켜 버렸습니다.

그때 로마에는 카시우스라는 사람이 있었습니다. 그는 본래 폼페이우스의 부하 장군이었다가 카이사르의 온정으로 살아난 사람인데, 몰래 카이사르를 암살하려는 음모를 꾸몄습니다. 카시우스는 카이사르의 총애를 받고 있던 브루투스를 꾀었습니다.

"카이사르는 황제가 되려는 야심을 품고 있소. 그를 그냥 두었다가는 분명 공화제가 무너지고 말 것이오. 서두르지 않으면 로마 시민은 모두 카이사르의 노예가 될 것이오."

브루투스는 공화제를 실현한 루키우스의 후손으로서, 로마의 공화 정치를 지켜 나가기 위해 카이사르를 암살할 결심을 하게 되었습니다. 많은 사람들이 카이사르 암살 음모에 가담하게 되었고, 그 소문은 드디어 카이사르의 귀에까지 들려왔습니다. 그러나 카이사르는 한 마디로 일축해 버렸습니다.

"죽음이 두려워서 벌벌 떨며 사는 것보다 차라리 무서워할 틈도 없이 단번에 죽는 것이 낫다."

아! 운명의 날이여

카이사르의 암살 음모가 은밀히 진행되고 있는 가운데, 그에게 매우 기쁜 소식이 전달되었습니다. 원로원 의원들이 은밀히 의논해 카이사르를 이탈리아 이외의 여러 외국의 황제로 받들기로 했다는 반가운 소식이었습니다.

그것이 원로원 회의에서 정식으로 결정되기 전날 밤, 카이사르의 아내 칼푸르니는 무서운 꿈을 꾸었습니다. 피투성이가 된 남편의 시체를 끌어안고 몸부림치며 우는 꿈이었습니다.

다음 날 아침, 칼푸르니는 카이사르에게 꿈 이야기를 들려주고 그날 외출을 삼가도록 권했습니다. 카이사르도 마음이 꺼림칙해서 아내의 말을 따르기로 하고, 원로원에 회의를 연기한다는 전갈을 보냈습니다.

한편, 카이사르를 암살할 준비를 모두 마친 카시우스 일당은 카이사르가 원로원 회의를 연기한다는 통보에 적잖이 초조해했습니다. 카시우스는 아르비누스를 카이사르의 집에 보내 그를 유도해 내도록 했습니다.

"꿈 때문이라면 부인께서 좋은 꿈을 꾸실 때까지 원로원 회의를 연기하는 수밖에 없겠군요."

카이사르를 찾아간 아르비누스는 이렇게 빈정거렸습니다. 그런 말까지 듣고도 집에 가만히 있을 수는 없었습니다. 카이사르는 마침내 결심을 굳히고 원로원으로 향했습니다. 수많은 로마 시민들이 길에 나와 카이사르를 환영했습니다. 바로 그때, 어떤 사람이 시민들 사이를 비집고 나와 카이사르의 손에 종이 쪽지 한 장을 건네주었습니다.

"빨리 읽어 보시오. 그대에게 매우 중대한 일이 적혀 있소."

카이사르에게 쪽지를 건넨 사람은 아르테미도로스라는 늙은 교사로, 암살 음모를 꾸민 일당들의 비밀을 그에게 알리려 했던 것입니다. 카이사르는 그 일이 마음에 걸리기는 했지만, 양쪽 길가에 늘어서서 환호하는 시민들에게 가로막혀 쪽지를 펴 볼 겨를도 없이 원로원 회의장에 이르렀습니다.

카이사르가 회의장에 들어서자, 원로원 의원들이 일제히 일어나 경의를 표했습니다. 카이사르가 정해진 자리에 앉자, 테리우스라는 사람이 찾아와 추방된 자기 동생을 용서해 달라고 간청했습니다. 그러는 사이 암살자 일당이 카이사르를 겹겹이 에워쌌습니다. 테리우스도 암살자들과 한패였습니다. 그가 두 손으로 카이사르의 옷을 잡는 것을 신호로 카스카라는 사람이 다가와 카이사르의 목을 칼로 찔렀습니다.

"대체 무슨 짓이냐?"

카스카가 긴장한 나머지 목에 작은 상처만 냈던 것입니다. 카이사르는 고함을 지르며 그들을 노려보았습니다. 그 순간 암살자들의 칼날이 일제히 날아들었습니다. 카이사르는 칼날을 피해 이리저리 몸을 날렸습니다. 그 가운데는 카이사르가 가장 신뢰하던 부하 브루투스도 끼어 있었습니다.

"브루투스, 너 마저……."

카이사르는 옷깃을 들어 천천히 얼굴을 가렸습니다. 그때 브루투스의 칼날이 카이사르의 옆구리를 깊숙이 찔렀습니다.

카이사르의 나이 56세. 그는 스물네 군데나 칼에 찔린 채 폼페이우스의 동상 밑에 쓰러져 마지막 숨을 거두었습니다.

브루투스

(BC 85~BC 42)

나는 카이사르를 사랑한다.
하지만 로마의 자유를 더 사랑한다!

훌륭한 선조의 뜻을 따라

자유를 사랑하는 로마 시민들은 존경하는 인물들의 동상을 의사당 앞에 세워 놓고 그들의 뜻을 기리며 항상 감사하는 마음을 나타냈습니다. 그 동상들 중에 루키우스 브루투스라는 사람이 있었습니다.

그는 자기가 옳다고 믿는 것은 어떤 어려움이 닥쳐도 끝내 해내고야 마는 사람이었으며, 특히 자유를 사랑해서 고대 로마의 폭군이었던 다아퀸을 몰아내는 것을 반대하는 자신의 아들을 둘이나 죽이면서까지 독재 군주를 쓰러뜨리고 로마의 자유를 지킨 위대한 인물이었습니다.

브루투스는 이런 가문에서 태어난 것을 자랑스럽게 여기며, 조상들의 훌륭한 뜻을 이어 나가려고 노력했습니다.

"나도 위대한 조상들처럼 정의로운 일을 용기 있게 밀고 나가는 사람이 되어야겠다!"

브루투스는 어릴 때부터 위대한 조상 루키우스 브루투스의 동상을 우러러보면서 자랐습니다. 그 무렵 로마는 독재자들의 내란으로 구렁텅이가 되고 있었습니다.

"브루투스여! 그대의 사명은 위대한 조상의 뜻을 받들어 독재 정치를 없애는 것이다. 로마의 공화정을 지켜라!"

브루투스는 이미 어린 시절부터 이 같은 로마 시민들의 바람을 들으면서 자랐고, 자신도 그 길로 나아가리라 생각하고 있었습니다. 브루투스가 로마에서 가장 존경받는 인물이 된 것도 이와 같은 결심을 굽히지 않고 학문과 수양에 힘썼기 때문입니다.

당시는 폼페이우스와 카이사르가 정권 다툼을 벌이던 때라, 이 싸움에 휘말린 브루투스의 아버지가 폼페이우스에게 살해되었습니다. 그래서 로마 시민들은 브루투스가 아버지의 원수를 갚으려고 독재자이기는 해도 카이사르 편이 될 것이라고 추측했습니다.

그때까지 브루투스는 길에서 폼페이우스를 만나도 인사는커녕 말도 하지 않고 지나갈 정도였으니까요.

그러나 막상 폼페이우스와 카이사르의 권력 다툼이 커지면서 전쟁이 일어나자, 브루투스는 로마 시민들의 추측과는 달리 카이사르가 아닌 폼페이우스를 지지했습니다.

그러고는 깜짝 놀라는 로마 시민들에게 이렇게 말했습니다.

"아버지를 죽인 것은 사사로운 원한입니다. 나는 로마 시민으로서 독재자가 되려는 사람을 지지할 수는 없습니다. 사사로운 감정으로 나랏일을 그르쳐서는 안 되기에 나는 폼페이우스를 지지하는 것입니다."

참으로 브루투스다운 생각이었습니다.

브루투스가 폼페이우스를 찾아갔을 때, 폼페이우스는 많은 로마 시민들 앞에서 브루투스를 끌어안으며 말했습니다.

“브루투스! 그대야말로 공화국 로마의 가장 위대한 인물이요, 희망이 될 것이다!”

하지만 브루투스는 폼페이우스의 군대에 들어가기는 했어도 싸움은 하지 않고 그저 책 읽는 데에만 열중했습니다. 마침내 폼페이우스와 카이사르의 전투는 시작되었고, 파르살루스 전투에서 폼페이우스는 다시 일어날 수 없을 만큼 크게 패했습니다.

브루투스는 그곳을 겨우 빠져나와 라리사 지방으로 몸을 피한 뒤, 카이사르에게 편지를 보냈습니다.

브루투스의 편지를 받은 카이사르는 매우 흡족해하면서 부하들에게 명령을 내렸습니다.

“브루투스를 죽여서는 안 된다. 항복을 하면 정중하게 모셔 오고 그렇지 않으면 도망치게 내버려 두어라.”

브루투스가 항복을 하자, 카이사르는 그를 용서하고 높은 자리에 앉혔습니다. 카이사르는 아무리 적이라고 해도 능력이 뛰어나고 존경할 만한 사람이면 누가 뭐라고 하든 신임하며 가까이 두려고 했습니다.

카이사르는 브루투스를 지나치게 아끼고 사랑했습니다. 그러자 로마 시민들 사이에서는 브루투스가 카이사르의 숨겨 둔 아들일 것이라는 말까지 나돌 정도였습니다.

카이사르가 비서를 정해야 했을 때, 카이사르는 평소에는 믿음이 잘 가지 않았지만 전쟁에서 큰 공을 세운 카시우스와 브루투스를 뽑았습니다.

"카시우스가 더 높은 자리지만, 내가 믿을 수 있는 사람은 브루투스뿐이다."

비서를 정하는 자리에서 카이사르가 이렇게 말하자, 카시우스는 카이사르에 대해 불만을 품게 되었습니다.

카시우스와 브루투스는 어릴 적 친구로, 같은 학교를 다녔으며 어른이 되어서도 함께 정치가의 길로 나서게 되었습니다. 또한 카시우스는 브루투스의 누이인 유니아와 결혼을 했으므로 브루투스의 매제이기도 합니다.

어릴 때 카시우스는 독재자 술라의 아들을 때려눕힌 일화가 있을 정도로 반항심이 강했습니다. 술라의 아들 파우스투스는 자기 아버지가 높은 사람이라고 뽐내며 학교에서도 꽤 거만하게 굴었습니다. 이런 파우스투스를 카시우스가 때려눕혔던 것입니다.

"네 아버지는 착하고 정의로운 사람들을 죽이고 로마 시민들의 자유를 빼앗은 도둑놈이야! 너는 살인자에 도둑놈의 아들이고.”

당시 로마 정권을 쥐고 있던 귀족당의 우두머리인 술라의 아들 파우스투스가 아버지의 권력을 믿고 거만하게 굴었으나 누구 하나 반항하거나 대들 수가 없었는데, 그런 권력자의 아들을 카시우스가 사정없이 혼내 주었던 것이었습니다.

이처럼 카시우스는 용감했고, 옳지 않은 일에 대해서는 거세게 반항했습니다. 이런 성격이었으니 카이사르의 결정에 불만을 품는 것이 당연했습니다. 급기야 로마의 민주 공화 정치를 끝내고 황제가 되어 독재를 하려는 카이사르를 없애고, 로마의 공화 정치를 유지해야 한다는 주장을 펼치기 시작했습니다.

뜻있는 몇몇 로마 시민들은 카시우스의 주장에 브루투스도 참가해야 한다고 말했습니다. 브루투스가 참여해야만 모든 로마 시민들이 따를 것이라고 생각했기 때문이었습니다. 그만큼 브루투스는 로마 시민들에게 신임을 받았습니다.

한편, 폼페이우스와의 싸움에서 이긴 카이사르는 로마를 독재 정치로 만들어 나갔습니다. 로마 시민들의 원성은 점점 커졌고, 민심은 술렁이기 시작했습니다.

브루투스여! 지금 어디에

어느 날, 브루투스는 로마 의사당 앞에 서 있는 선조 루키우스 브루투스의 동상 아래에서 다음과 같은 글을 발견하였습니다.

"브루투스여! 그대는 지금 어디 있는가?"

"브루투스! 그대가 살아 있다면……."

이것은 물론 카이사르의 편에 서서 일하고 있는 브루투스를 빗대어 한 말이었습니다.

마침내 브루투스의 집무실에도 그와 같은 글들이 나붙게 되었습니다.

"그래도 당신이 진정한 브루투스인가?"

"브루투스! 그대는 지금 잠을 자고 있는가?"

브루투스는 이런 일을 보고 겪으면서 무척 괴로워했습니다.

‘카이사르의 독재 정치를 그냥 두고만 볼 것인가? 카이사르에게서 받은 은혜를 갚자니 내 신념과 너무 다르지 않은가?’

카이사르가 공화 정치를 무너뜨리고 황제가 되어 독재 정치를 하려는 것은 분명했지만, 그토록 자기를 아껴 주고 사랑해 주는 카이사르를 선뜻 배신할 수가 없어 심각하게 고민하고 있는데, 카시우스가 찾아왔습니다.

“루키우스 브루투스의 동상과 자네 자리에 나붙은 글들은 모두 로마 시민들의 참다운 목소리네. 시민들은 진짜 브루투스가 다시 나타나 주기를 기다리는 것일세.”

카시우스의 말을 들은 브루투스는 마침내 카이사르 암살에 참여하기로 결정했습니다. 그는 자신의 신념을 펼쳐 나가기 위해 개인적인 감정을 없애기로 마음을 굳힌 것이었습니다.

브루투스가 결심을 하자, 카시우스는 구체적인 계획을 세우는 데 브루투스를 끌어들였습니다.

“브루투스, 3월 15일에 카이사르를 지지하는 원로원 원로들이 카이사르를 황제로 추대한다는데, 자네도 갈 텐가?”

“아니, 나는 참석하지 않겠네.”

“그렇지만 카이사르가 우리의 태도에 불만을 느끼고 자네를 부르러 온다면 어떻게 할 것인가?"

"그때야말로 내 신념을 수행할 때가 아니겠는가. 나는 조상의 명예와 내 목숨을 걸고 모든 로마 시민들이 무엇을 바라는지 카이사르에게 똑똑히 밝히겠네. 끝까지 독재에 반대하고, 로마의 자유를 위해 목숨을 바치는 것이 브루투스 가문의 피를 이어받고 태어난 내 의무라네."

이 말을 들은 카시우스는 감동했습니다.

"브루투스, 자넨 정말 훌륭한 사람이네. 로마 시민들이 자네가 죽는 것을 그냥 보고 있지는 않을 걸세. 자네가 이 일의 책임자가 되어 주길 바라네. 우리의 모든 친구들도, 로마 시민들도, 자네를 위해서는 어떠한 일이라도 할 걸세."

브루투스가 카이사르 암살 계획의 선두로 나섰다는 소문이 로마 시내에 퍼졌습니다. 그러자 로마의 독재 정치를 반대하는 정치가들도 줄지어 카이사르 암살 계획에 참여하기 시작했습니다.

운명의 날

마침내 3월 15일이 되었습니다. 브루투스와 카시우스, 그리고 그들의 동지들은 원로원 입구 계단에서 초조하게 카이사르를 기다렸습니다.

맨 처음 호민관 카스카가 카이사르의 목을 찔렀으나 빗나가서 목덜미에 작은 상처만 내고 말았습니다.

"무슨 짓이냐?"

깜짝 놀란 카이사르가 칼을 피하며 고함을 질렀습니다. 그러나 그 고함 소리를 신호로 암살자들의 칼이 여기저기에서 날아들었습니다. 카이사르는 이리저리 칼을 피했습니다. 그러다가 그 무리들 속에서 브루투스의 얼굴을 보았습니다.

“브루투스! 너마저…….”

카이사르는 외마디소리를 내며 옷깃을 들어 얼굴을 가렸습니다. 그러자 브루투스의 칼이 카이사르의 옆구리를 깊이 찔렀습니다. 카이사르가 칼에 찔려 쓰러진 곳은 바로 카이사르가 자신의 독재를 위해 죽였던 폼페이우스의 동상 아래였습니다.

카이사르의 암살 소식은 곧바로 로마 시내로 퍼져 나갔습니다. 로마 시민들은 크게 흥분했고, 로마는 큰 혼란에 빠졌습니다. 카이사르를 암살한 브루투스 일행은 피 묻은 칼을 들고 혼잡한 거리로 뛰어들었습니다.

“로마의 독재자는 쓰러졌다!”

“우리들은 자유를 되찾았다.”

그들은 이렇게 부르짖으며 광장 앞으로 나갔습니다.

브루투스는 광장의 연단 위로 올라가 연설을 시작했습니다.

“대로마 시민들이여!”

흥분하던 시민들은 존경하는 브루투스의 모습을 보자, 그제야 조용해졌습니다.

“감사합니다, 여러분! 지금부터 내 말을 잘 들으십시오. 그리고 냉정하게 판단해 보시기 바랍니다……. 나는 누구보다도 카이사르를 사랑했습니다. 그런데 나는 오늘 카이사르를 죽였습니다. 그것은 카이사르보다 로마를 더 사랑하기 때문입니다."

로마 시민들은 브루투스의 연설에 빠져들어 쥐 죽은 듯이 조용해졌습니다. 브루투스의 연설은 시민들의 마음을 순식간에 사로잡았습니다.

"카이사르는 로마에서 독재를 하려 했습니다. 자유를 바라는 로마 시민에게 노예가 되라고 했습니다. 여러분 가운데 카이사르의 죽음을 슬퍼하는 사람이 있습니까? 카이사르의 노예가 되고 싶은 사람이 있습니까? 그런 사람이 있다면 나는 그 사람에게 죄를 지었습니다."

브루투스는 계속 말을 이어 갔습니다.

"카이사르는 나를 자식처럼 사랑해 주었습니다. 그렇기에 나는 눈물을 흘립니다. 카이사르는 용감했습니다. 그렇기에 나는 그를 숭배했습니다. 그러나 카이사르는 황제가 되려 했습니다. 그래서 나는 눈물을 머금고 그를 죽였습니다. 카이사르는 로마를 사랑했다기보다는 자기의 야심을 사랑해 왔습니다. 그래서 나는 카이사르를 죽인 것입니다. 나는 사람을 죽인 죄인이지만, 카이사르보다 로마를 더 사랑했기 때문에 어쩔 수 없이 죄를 짓게 된 것입니다."

몹시 흥분해 있던 로마 시민들은 브루투스의 열변을 듣고 차츰차츰 마음을 가라앉혔습니다.

“브루투스, 당신은 자유를 지켰소! 당신은 암살자가 아니오!”

군중들이 이렇게 외쳤고, 브루투스는 다시 말을 이었습니다.

“카이사르의 죽음은 원로원의 기록에 남을 것입니다. 그의 모든 공적은 빠짐없이 기록해 둘 것입니다. 나는 로마를 위해서, 나의 은인이며 친구인 카이사르를 죽였습니다. 로마를 위해서 내 목숨이 필요할 때에는 언제든 카이사르를 찌른 이 칼로 내 목숨을 끊겠습니다. 이 모든 일은 로마를 위해, 로마의 자유를 위해서입니다!”

브루투스의 열변을 들은 시민들은 그의 말이 옳다고 생각했습니다. 이때, 카이사르의 부하였던 안토니우스가 나타났습니다.

“여러분! 내가 이곳에 온 것은 카이사르를 두둔하고 찬양하려는 것이 아니라, 다만 장례식을 위해 왔을 뿐입니다. 브루투스의 말대로 그가 독재를 하려 했다면 그의 죽음은 마땅한 것입니다. 하지만 정말로 카이사르가 독재자였을까요? 브루투스는 그가 야심가라고 했는데, 루파트의 제삿날, 나는 카이사르에게 세 번이나 왕관을 바쳤으나 그는 끝내 물리쳤습니다. 그래도 그를 야심가라고 할 수 있습니까?”

시민들의 감정에 호소하려는 듯 안토니우스의 웅변은 계속되었습니다. 브루투스의 열변으로 이성을 되찾은 시민들은 다시 안토니우스의 웅변에 마음이 끌렸습니다.

"그러나 여러분! 여기 카이사르의 유언장이 있습니다. 이 유언장을 읽게 되면 여러분은 아마 감격해서 카이사르의 시체를 끌어 안고 입을 맞출 것입니다. 그러나 나는 결코 이 유언장을 읽지 않겠습니다. 그것은 저 위대한 브루투스의 업적에 누가 될까 하는 마음 때문입니다."

흥분한 군중들이 유언장을 읽으라며 달려들었습니다.

"여러분, 우리는 경솔해서는 안 됩니다. 나는 여러분의 마음을 움직이려고 여기에 온 것이 아닙니다. 나는 한 사람의 군인으로서 사실 그대로를 말할 뿐입니다. 그럼 유언장을 읽겠습니다. 그는 먼저 로마 시민 한 사람 한 사람에게 75드라크마씩 주라고 했습니다. 그리고 그의 별장, 정원, 과수원, 목장까지 모두 다 여러분의 공원이나 유원지로 쓰도록 내놓았습니다. 여러분, 카이사르는 이런 사람입니다. 이런 위대한 영웅이 한낱 야심가일 뿐입니까?"

안토니우스의 웅변은 군중을 완전히 사로잡았습니다.

"암살자들을 죽여라!"

"카이사르의 원수를 갚자!"

흥분한 군중들은 암살자들의 집을 찾아다니며 불을 질렀습니다. 브루투스와 카시우스는 흥분한 군중들을 피해 멀리 그리스로 도망을 쳤습니다. 브루투스가 도망친 뒤, 안토니우스는 로마의 새로운 지배자가 되었습니다.

그러나 안토니우스는 시민들에게 존경을 받지 못했습니다. 브루투스는 로마 시민들에게 존경을 받았으나 사랑은 받지 못했고, 안토니우스는 사랑을 받았지만 존경은 받지 못했던 것입니다. 그런 안토니우스가 새롭게 로마를 다스리게 되자, 로마 시민들은 안토니우스에게 불만을 품게 되었습니다.

이때, 카이사르의 양자인 옥타비아누스가 나타났습니다. 그리스의 아폴로니아로 유학을 갔던 옥타비아누스가 아버지 카이사르의 암살 소식을 듣고 로마로 달려온 것입니다.

이 옥타비아누스가 바로 로마 공화국을 통일해 로마 제국을 세우고, 초대 황제가 된 아우구스투스 황제입니다.

옥타비아누스는 카이사르의 유언장에 쓰여 있는 대로 시민들에게 모든 것을 나누어 주었습니다. 순식간에 로마 시민들의 마음이 옥타비아누스에게 쏠리게 되었고, 안토니우스에게 불만을 가졌던 사람들도 함께 옥타비아누스를 지지했습니다. 그래서 로마는 안토니우스와 옥타비아누스, 두 파로 갈라져 맞서게 되었습니다.

망명의 세월

그 무렵 브루투스는 그리스의 아테네에서 학문을 닦고 있었습니다. 폼페이우스의 옛 부하들이 브루투스에게 모여들어 브루투스도 제법 큰 세력이 되었습니다.

아테네에 있는 브루투스에게 로마에서 끊임없이 소식이 날아들었습니다.

그 가운데에는, 옥타비아누스가 안토니우스와 싸워 이겨서 안토니우스를 추방했다가 다시 안토니우스를 불러들여 그와 손잡고 브루투스의 동지들을 재판할 것을 원로원에 요구했으며, 자기들 마음에 들지 않는 사람들을 모조리 학살했다는 것과 원로원 원로들이 지금까지 잊고 지내던 브루투스를 찾고 있다는 소식이 있었습니다.

　다시 들어온 세 번째 소식은, 브루투스와 카시우스가 참석하지 않은 상태에서 재판을 해서 그들에게 파산 선고를 내렸으며, 나머지 동지 300명에게 모두 사형을 선고했다는 것이었습니다.

　이 소식을 들은 브루투스는 가만히 있을 때가 아니라는 생각을 했습니다. 그는 곧 카시우스에게 편지를 썼습니다.

　"카시우스, 이제 때가 되었네. 우리가 언제까지나 이런 생활을 할 수는 없으며, 또 그럴 까닭도 없네. 지금이 바로 로마의 독재 정치를 없애고 시민들을 구할 때일세. 우리 둘이 힘을 모아 싸워야 하네."

　편지를 받은 카시우스는 이집트에서 군대를 이끌고 와 지체없이 싸움터에 나갈 태세를 갖추었습니다.

　마침내 옥타비아누스-안토니우스 동맹군과 브루투스-카시우스 연합군의 전쟁이 시작된 것입니다.

　출전 준비를 끝낸 브루투스는 로마에 있는 친구에게 편지를 보냈습니다.

　우리가 승리하면 로마는 자유를 되찾을 것이고, 지더라도 독재자의 노예가 되는 것에서는 벗어날 수 있을 것이오.

자유를 향한 브루투스의 의지가 담겨 있는 내용이었습니다.

양쪽 군대는 그리스의 필리피 평원에 진을 쳤습니다. 그러고는 결전의 날이 오기만을 기다렸습니다. 마침내 결전의 날이 밝았습니다. 브루투스 군대는 옥타비아누스 군대가 싸울 준비를 하기도 전에 공격을 시작해 크게 승리했습니다. 그러나 카시우스 군대는 미처 공격 명령도 내리기 전에 안토니우스 군대에 포위되어 패하고 말았습니다.

카시우스를 구하러 브루투스 군대가 달려왔으나, 카시우스는 브루투스의 군대를 적군이 공격해 오는 것으로 잘못 알고 스스로 목숨을 끊었습니다.

카시우스 군대까지 맡게 된 브루투스는 싸움에서 패한 카시우스의 군대와 자기 군대의 무너진 사기를 북돋우는 일에 애를 썼습니다.

한편, 안토니우스와 옥타비아누스 동맹군도 이에 못지 않게 비참한 상태였습니다. 식량은 턱없이 부족했고, 추위에다가 늦가을의 비까지 세차게 내려 도무지 싸울 수가 없었습니다. 이런 싸움은 그해 겨울까지 계속되었습니다.

최후의 로마 시민

이제 다시 최후의 결전이 시작되었습니다. 안토니우스 군대는 이른 아침부터 해가 질 때까지 끈질기게 브루투스 군대를 공격했습니다. 브루투스 군대는 안토니우스 군대에 쫓겨 다시 일어설 수 없을 정도로 패했습니다. 브루투스는 몇 안 되는 부하들을 이끌고 골짜기를 넘어 깊은 숲속으로 몸을 피했습니다. 밤이 깊어지자 큰 바위에 앉아 있던 브루투스의 눈에 밤 하늘 가득 빛나는 별이 보였습니다.

지루한 밤이 지나고 다시 아침이 밝았습니다.

"너희들이 마지막까지 내게 충실했다는 것을 기쁘게 생각하며 깊이 감사한다. 전쟁에 진 것은 슬프지 않지만 로마를 생각하면

슬플 뿐이다.”

브루투스는 부하 한 사람 한 사람과 악수를 나누고, 모두 제각기 멀리 달아나라고 명령했습니다.

그는 혼자 남아 칼을 꺼냈습니다. 그러고는 자신의 가슴을 찔러 숨을 거두었습니다. 카이사르를 찔렀던 그 칼이었습니다. 이때 브루투스의 나이 43세였습니다.

브루투스의 시체를 발견한 안토니우스는 자신이 소중하게 여기는 빨간 망토를 벗어서 그에게 덮어 주고, 나중에 정중하게 장사를 지내 주었습니다.

브루투스야말로 로마 최후의 시민이었습니다. 브루투스의 자유를 향한 정신은 오늘날까지 세계 사람들의 마음에 소중히 남아 있습니다.

● **이해 능력 Level Up!**

1. 아래 글을 읽고, 테미스토클레스가 어려서 멸시와 놀림을 받은 이유가 무엇인지 찾아보세요.

> 아테네에서 가난한 집안의 아들로 태어난 테미스토클레스는 어려서부터 많은 멸시와 놀림을 받아야 했습니다. 그렇지만 테미스토클레스는 용감하고 지혜로웠습니다.

1) 용감하고 지혜로워서 　　2) 가난한 집안에서 태어나서
3) 친구들과 잘 지내서 　　4) 웅변을 아주 잘해서
5) 공부를 열심히 해서

2. 아테네 시민들에게 마라톤 전투의 승리 소식을 전해 준 병사는 누구인지, 아래 글을 읽고 답하세요.

> "우리가 이겼다!"
> 페이디피데스라는 이 병사는 너무 지친 나머지 이 한 마디를 남기고 그만 숨을 거두고 말았습니다. 이것이 오늘날까지 이어져 내려와 '올림픽의 꽃'이라고 불리는 마라톤 경기의 시초가 되었습니다.

1) 밀티아데스 　　2) 아리스테이데스
3) 페이디피데스 　　4) 아르키텔레스 　　5) 에우리비아데스

3. 아래 글을 읽고, 페르시아의 다리우스왕이 세상을 떠나고 난 뒤 왕위를 이은 사람이 누구인지 고르세요.

> 테미스토클레스가 완벽하게 전쟁 준비를 하는 동안, 페르시아에서는 다리우스왕이 세상을 떠나고 그의 아들 크세르크세스가 왕이 되었습니다.

1) 크세르크세스　　　2) 테미스토클레스
3) 데모스테네스　　　4) 키케로
5) 한니발

4. 그리스의 여러 나라들이 전쟁을 끝내고 맺은 동맹은 무엇인가요?

1) 살라미스 동맹　　　2) 마라톤 동맹
3) 티루스 동맹　　　4) 스파르타 동맹
5) 델로스 동맹

5. 지상 최고의 웅변가가 된 데모스테네스에게 가장 영향을 많이 준 사람은 누구인가요?

1) 테미스토클레스　　　2) 아리스테이데스
3) 키케로　　　4) 칼리스트라투스
5) 에우리비아데스

6. 아래 글을 읽고, 페리클레스 시대가 끝날 무렵 아테네를 자주 위협한 나라는 어디였는지 답하세요.

그 무렵, 아테네는 페리클레스 시대의 전성기를 지나 쇠퇴의 길을 걷고 있었습니다. 이와는 달리, 북쪽에 있는 마케도니아의 필리포스 왕은 전성기를 맞아 여러 도시 국가로 나누어져 있는 그리스를 자주 공격해 왔습니다.

1) 페르시아　　　2) 마케도니아　　　3) 테베

4) 로마　　　5) 포티다에아

7. 아래 글을 읽고, 마케도니아가 그리스의 패권을 잡은 것은 어느 전쟁에서 승리했기 때문인지 답하세요.

기원전 338년 카이로네이아 전쟁에서 아테네−테베 연합군을 이긴 마케도니아는 그리스의 패권을 잡게 되었습니다.

1) 카이로네이아 전쟁　　　2) 마라톤 전투

3) 브리타니아 전쟁　　　4) 살라미스 해전

5) 나일강 전투

8. 알렉산드로스가 어릴 적부터 즐겨 읽은 책을 모두 고르세요.

1) 『일리아스』　　　2) 『영웅전』　　　3) 『오디세이아』

4) 『참회록』　　　5) 『위인전』

9. 알렉산드로스 왕이 신임한 두 장군을 골라 보세요.

1) 브루투스　　　2) 아르테미도로스　　　3) 필로터스

4) 카시우스　　　5) 클레이토스

10. 28세의 젊은 나이에 에스파냐에 주둔한 카르타고 군의 대장군
    이 된 사람은 누구인가요?

    1) 한니발   2) 하밀카르   3) 스키피오
    4) 플라미니우스   5) 파비우스

11. 파비우스 군대에 포위되어 군사를 800명이나 잃은 한니발이 다
    시 세운 작전은 무엇인가요? 아래 글을 읽고, 답하세요.

한니발 군은 파비우스의 군대에 포위되어
800명이나 되는 군사를 잃고 말았습니다.
그러나 한니발은 당황하지 않고 새로운
작전을 세웠습니다.
"황소를 최대한 많이 모아 오너라."

    1) 지연 작전   2) 성 쌓기 작전   3) 후퇴 작전
    4) 초승달 작전   5) 황소 작전

12. 키케로가 법률 지식을 배운 사람은 누구인가요?

    1) 무키우스   2) 클라토마쿠스   3) 필로
    4) 술라   5) 로스키우스

13. 로마를 위기에서 구한 키케로에게 로마 시민들은 영광스러운 호칭
    을 주었습니다. 아래 글을 읽고, 어떻게 부르기로 했는지 답하세요.

"로마를 위기에서 구한 키케로에게 로마 최고의 영광을 줍시다."
"키케로가 없었다면 아마도 로마는 멸망했을 것이오. 이제부터 키케로
를 로마의 국부라고 부릅시다. 여러분, 어떻습니까?"

1) 로마의 태양　　2) 로마의 국부　　3) 로마의 신사
4) 로마의 영웅　　5) 로마의 스승

14. 카이사르의 장점 중 가장 뛰어난 점은 무엇인지, 아래 글에서 찾
　　아보세요.

> 　카이사르는 정복한 나라의 주민들을 잘 다스렸으며, 그들에게 로마의
> 문명을 전파하기도 했습니다. 그러나 카이사르가 무엇보다 뛰어난 점은,
> 부하들을 다스리는 통솔력이었습니다.

1) 주민들을 잘 다스렸다.
2) 정복한 나라에 로마의 문명을 전파했다.
3) 부하들을 잘 통솔했다.
4) 공명심이 높았다.
5) 기회를 잘 엿보았다.

15. 카이사르가 갈리아에서 돌아오기 전에 권력을 확고히 해 두고 싶었
　　던 폼페이우스는 원로원에 어떤 명령을 내렸나요?

1) "카이사르는 군대를 정비해서 로마로 돌아오라."
2) "카이사르는 군대를 해산하고 로마로 돌아오라."
3) "카이사르는 군대를 해산하고 갈리아에 머물러라."
4) "카이사르는 군대를 정비해서 갈리아에서 싸워라."
5) "카이사르는 군대를 해산하고 다른 나라로 망명하라."

16. 브루투스가 로마 시민들의 추측과는 달리 폼페이우스를 지지한 이
　　유는 무엇인가요? 다음 글을 읽고, 답하세요.

> "아버지를 죽인 것은 사사로운 원한입니다. 나는 로마 시민으로서 독재자가 되려는 사람을 지지할 수는 없습니다. 사사로운 감정으로 나랏일을 그르쳐서는 안 되기에 나는 폼페이우스를 지지하는 것입니다."

1) 카이사르가 독재자가 되려고 했기 때문에

2) 아버지를 죽인 원수를 갚으려고

3) 카이사르가 자신을 미워했기 때문에

4) 폼페이우스가 자신을 아껴 주었기 때문에

5) 카이사르가 자꾸 싸움을 하려고 해서

● **논리 능력 Level Up!**

1. 집정관으로 선출된 테미스토클레스가 아테네를 그리스에서 가장 부강한 나라로 만들기 위해 생각한 것은 무엇인가요?

____

2. 마라톤 전투에서 승리를 거두고도 테미스토클레스가 큰 고민에 빠진 이유는 무엇인가요?

____

3. 아래 글을 읽고, 어떤 사람이 필리포스왕에게 바친 명마가 사납게 날뛴 이유를 찾아 써 보세요.

4. 알렉산드로스 왕이 정말로 원하는 것은 무엇이었나요?

5. 아래 글에는 한니발의 굳은 결심이 잘 나타나 있습니다. 대장군 한니발이 로마를 멸망시키려는 이유는 무엇인가요?

한니발의 마음속에는 언제나 원수의 나라 로마를 멸망시켜야 한다는 굳은 결심이 있었습니다. '아버지와 매형의 원수, 조국 카르타고의 원수인 로마를 반드시 멸망시키고 말리라!'

6. 술라의 보복이 두려워 그리스로 떠났던 키케로가 로마로 돌아가게
   되자, 그의 스승인 아폴로디우스가 크게 한탄했습니다. 그 이유를
   써 보세요.

---

7. 로마의 장군 폼페이우스가 과두 정치를 주장한 이유는 무엇인가
   요? 아래 글을 읽고, 답해 보세요.

그 무렵, 죽은 독재자 술라의 부하였던 폼페이우스가 과두 정치를 주장하고 나섰습니다. 과두 정치는 몇 사람의 권력자가 나라를 다스리는 정치 제도입니다. 여러 모로 상황이 불리했던 폼페이우스가 권력을 자기 손에 넣으려고 내놓은 주장이었습니다.

● **논술 능력 Level Up!**

1. 테미스토클레스는 오스트라키스모스라는 추방 제도를 이용해 정적
   을 나라 밖으로 쫓아 냈습니다. 이것이 옳은 일인지 생각해 보세요.

2. 아래 글을 읽고, 디오게네스의 말에 알렉산드로스 대왕이 무엇을
   느꼈을지 상상해 보세요.

"선생을 모시려고 하는데, 부탁을 들어주시
겠습니까?"
   디오게네스는 고개를 가로저었습니다.
"그렇다면 무엇이든 선생의 소원을 들어
드리겠습니다."
   디오게네스는 미소를 띠며 말했습니다.
"대왕께서 그곳에 서 계시니 햇볕이 들지 않습니다. 좀 비켜 주시겠습
니까? 제 소원은 그것뿐입니다. 저는 지금 저 햇볕이 그 무엇보다 더 중요
합니다."

3. 카르타고의 한니발과 로마 장군 스키피오는 서로 칼을 들고 맞서던 적입니다. 그럼에도 두 사람은 언젠가 마주 앉아 옛날 영웅들의 이야기도 나누고 서로를 인정해 주었습니다. 두 사람에 대해 느낀 점을 써 보세요.

4. 브루투스가 로마에서 가장 존경받는 인물이 된 데에는 위대한 조상의 영향이 컸다고 합니다. 아래 글을 읽고 우리가 브루투스에게서 본받을 점은 무엇인지 써 보세요.

"나도 위대한 조상들처럼 정의로운 일을 용기 있게 밀고 나가는 사람이 되어야겠다!"
브루투스는 어릴 때부터 위대한 조상 루키우스 브루투스의 동상을 우러러 보면서 자랐습니다.

 풀이

이해 능력 Level Up!

1. 2)　　　2. 3)　　　3. 1)　　　4. 5)　　　5. 4)

6. 2)　　　7. 1)　　　8. 1), 3)　　　9. 3), 5)　　　10. 1)

11. 5)　　　12. 1)　　　13. 2)　　　14. 3)　　　15. 2)

16. 1)

논리 능력 Level Up!

1. 그리스는 삼면이 바다로 둘러싸인 반도 국가이므로 바다를 장악해 다른 나라의 침략을 막아야 한다고 생각했다.

2. 세계 최강을 자랑하는 페르시아 군이 한 번의 패배로 주저앉지 않고 더욱 강력한 군대를 이끌고 쳐들어올 것이 틀림없었으므로.

3. 해를 등지고 있어서 자기 그림자에 놀라 신경이 날카로워져 있었기 때문에.

4. 유럽과 아시아, 그리고 아프리카 3대륙을 한데 묶어 큰 나라를 세우는 것, 즉 세계 통일을 이룩하는 것.

5. 아버지와 매형을 죽인 원수이자, 조국 카르타고의 원수이므로.

6. 그리스가 여태껏 자랑으로 여겨 온 것은 학문과 웅변이었는데, 그 명예마저 키케로 때문에 로마에 빼앗기게 되었다고 생각했기 때문에.

7. 과두 정치는 몇 사람의 권력자가 나라를 다스리는 정치 제도인데, 여러 모로 상황이 불리했던 폼페이우스가 권력을 자기 손에 넣으려고 주장했던 것이다.

논술 능력 Level Up!

1. 예시 : 지혜로우면서도 명예욕이 강해서 어떤 목적을 이루기 위해서는 수단과 방법을 가리지 않는 테미스토클레스는 어릴 적부터 친한 친구였고 정직하지만 세상 움직임에 어두운 아리스테이데스의 이름을 조가비에 적어 내게 해서 나라 밖으로 추방했다. 테미스토클레스는 국가의 장래를 위해 어쩔 수 없는 일이라고 생각했지만, 꼭 그런 극단적인 방법밖에 없었는지 하는 의문이 생긴다. 각자의 단점을 장점으로 보완해 가며 나라를 위해 헌신했다면 더 좋았을 텐데 하는 아쉬움이 남는다.

2. 예시 : 햇볕이 들지 않으니 자리를 비켜 달라는 뜻밖의 말에 알렉산드로스 대왕은 감탄했을 것이다. 세상을 통달한 철학자의 입에서나 나올 법한 말이기 때문이다. 부귀영화보다 한 줄기 햇볕이 중요하다는 말은 가문이나 권력, 재산만을 중요하게 여기는 사람들 틈에서 살아온 알렉산드로스 대왕에게 신선한 충격이 아닐 수 없었을 것이다. 또한 디오게네스의 그런 자유로움이 부러웠을 것이다.

3. 예시 : 영웅은 영웅을 알아본다는 말이 생각난다. 아버지와 매형과
조국의 원수인 로마를 반드시 멸망시켜야 했던 한니발과 로마의 장
군으로서 조국을 공격해 오는 적과 맞서 싸워야 했던 스키피오. 그
들은 그렇게 각자 처한 상황에서 대의를 위해 용감하게 싸우기도
했지만, 언젠가 우연히 만나 옛날 영웅들의 이야기를 나누며 서로
를 인정해 주었다. 아무나 그렇게 할 수 있는 일은 아니기 때문에
느끼는 점 또한 크다. 그래서 영웅들의 이야기를 자꾸 읽음으로써
그들의 기개와 지혜와 관용을 배워야겠다는 생각이 들었다.

4. 예시 : 자유를 사랑해서, 폭군을 몰아내는 것을 반대하는 자신의 아
들을 둘이나 죽이면서까지 로마의 자유를 지킨 루키우스 브루투스
의 후손인 브루투스는 어려서부터 위대한 조상의 뜻을 받들어 독재
정치를 없애겠다는 결심을 하게 되었다. 그리하여 학문과 수양을
연마하는 데 피나는 노력을 했다. 카이사르의 갈리아 정복으로 갈
리아 지방 등지에서 총독을 지내며 카이사르의 사랑을 받았으나,
그의 독재를 참지 못하고 카이사르를 암살했다. 로마의 자유를 지
키려고 저지른 일이었지만, 안토니우스의 선동으로 로마 시민들에
게 인정을 받지 못하자 그리스로 망명을 했다. 정의와 자유를 숭상
하는 가문답게 독재를 용납하지 않은 점은 훌륭하다. 그럼에도 다
른 나라에서 쓸쓸하게 자결하고 만 그의 최후가 아쉽기만 하다. 그
래도 자유와 민주주의를 사랑한 고대 로마의 대표적인 시민으로 일
컬어지고 있다는 점에서 그의 죽음은 헛되지 않은 것 같다.

초등학생이 꼭 읽어야 할 **세계 명작** 시리즈